オンさんの奪還計画

神香うらら

幻冬舎ルチル文庫

CONTENTS ✦目次✦

ライオンさんの奪還計画

✦イラスト・花小蒔朔衣

ライオンさんの奪還計画 …… 3
羊さんは罠に落ちる …… 228
ライオンさんの捕獲計画 …… 248
あとがき …… 254

✦カバーデザイン＝久保宏夏(omochi design)
✦ブックデザイン＝まるか工房

ライオンさんの奪還計画

プロローグ

「――俺たち、そろそろ潮時じゃないかと思うんだ」

散々迷った末に、難波明久《なんばあきひさ》はありきたりな言葉で切り出した。

閑散としたコーヒーショップの小さなテーブルの向こうで、彼――今牧勲《いまきいさお》がきょとんとする。

一秒、二秒、三秒……十秒後にようやく言葉の意味が脳に届いたらしく、勲はみるみる表情を強ばらせていった。

「…………それは、別れようってこと？」

絞り出した声が、かすかに震えている。

勲が必死で取り乱すまいとしているのが伝わってきて、そのいじらしさに心が揺れる。

――違う、冗談だ。ちょっとからかっただけだよ。

いつものように軽い調子で否定すれば、勲はほっと胸を撫《な》で下ろすだろう。不機嫌そうに唇《くちびる》を尖《とが》らせて、きみはいつも冗談ばっかりだ、と文句を言いながら。

しかし、ここでほだされてはならない。

これはもう、決めたことなのだ――。

「――ああ」

硬い声で言って、視線をそらす。

「おまえは院に進学で、俺は就職だ。学生と社会人じゃ生活時間も合わないし、それに……社会人になると、これまで通りってわけにはいかなくなる」

前もって考えてきた言い訳を口にする。我ながら、平凡で退屈きわまりない言いぐさだ。

「はっきり言ってくれ。他に好きな人ができたのか?」

明久の言葉を遮るように、勲が早口で尋ねる。

「……いいや。そうじゃない」

「じゃあ僕のことが嫌いになった?」

「違う。おまえのことを嫌いになんかならない」

少しむきになって否定する。

言ったあとで、明久はしまったと思った。

つい本音が漏《も》れてしまった。今更それを強調してどうなるというのだ……もう別れると決めているのに。

「じゃあどうして……」

なおも問い詰めてくる声は、奇妙に上擦《うわず》っていた。

初めて聞く勲の涙声に動揺し、早く話を切り上げなくてはと焦る。

「こないだおまえに言われたことを考えたんだ。おまえは人生をともにするパートナーが欲しいと言ったけれど、それは俺には荷が重すぎる。だから……」

ちらりと視線を上げると、勲の表情がくしゃりと歪《ゆが》むのがわかった。

眼鏡《めがね》の奥の瞳が潤み、今にも大粒の涙がこぼれ落ちようとしている。

「…………ごめん」

万感の思いを込めて、そう告げる。

勲の涙が溢《あふ》れ出す前に、明久はそっと席を立って背中を向けた——。

1

花丘《はなおか》市《し》は風光明媚《ふうこうめいび》な土地として知られている。

温暖な気候、自然豊かな環境、充実した医療施設や文化施設——ほどよい規模で暮らしやすく、近年大都市圏からの移住先として注目を浴びるようになった地方都市だ。

花丘に来てまもない頃、繁華街にいても息苦しさを感じないのは、空が多いからだと気がついた。駅前にはそれなりに商業ビルが建ち並んでいるが、それも空の眺めを遮るほどではない。街の中心部には一級河川の鳥居川《とりいがわ》がゆったりと流れ、視線を上げれば低く連なった山々を望むことができる。

父親が転勤族だったので、明久は何度も引っ越しを経験してきた。生まれは東京、記憶にあるのは仙台、大阪、福岡、札幌、名古屋……大都市ばかりだったので、花丘のようなコンパクトな街は新鮮だった。

勤務先の四つ葉《よば》法律事務所がある城下町界隈は、とりわけ気に入っている。

花丘駅から路面電車で約十分、花丘城周辺の城下町には県立図書館や市民文化ホール、美術館や博物館が点在し、花丘市の広報部によってカルチャーゾーンと名付けられている。駅前の繁華街とは対照的な、閑静で落ち着いた佇《たたず》まいだ。

戦時中の空襲を免《まぬか》れたおかげで、この辺りは大通りから一歩奥へ入ると幅の狭い道路が縦横に走っている。戦前の古い建物も多く、十年ほど前から若手アーティストが町屋をリノベーションしてアトリエやギャラリーを構えたり、レトロな雰囲気が売りのカフェがオープンしたりと、花丘城や城下公園と並んで観光客の人気を集めるようになった。

そして四つ葉法律事務所が入居している四つ葉ビルヂングも、知る人ぞ知る人気のスポットだ。

県庁前の交差点に面したこのビルは、一九三〇年代に建てられたものだという。高い天井、吹き抜けになった大階段、瀟洒《しょうしゃ》なウォールランプ——左右対称のアールデコ様式が、昭和モダンの香りを色濃く漂わせている。

といっても、現在の四つ葉ビルヂングは一九九〇年代に復元されたものだ。老朽化で取り壊されることになった際、当時のオーナーが外観の保存を強く希望し、見た目はほぼ昔のまま、構造や設備を最新式にしてよみがえらせた。

一階の生花店とカフェ、地下のイタリアンバールは外から直接入れるようになっており、二階から上は正面玄関からロビーを通って入るようになっている。このエントランス部分がなかなか洒落《しゃれ》ていて、磨《す》りガラスの嵌《はま》った両開きのドアの上には明かり取りの天窓があり、鉄製のアールデコ調の飾りが施されている。

二階には歯科クリニックと美容院、三階は地元タウン誌を発行している出版社とデザイン事務所、そして四階に四つ葉法律事務所と探偵事務所が入っている。

——四つ葉ビルヂングの裏手にある駐車場に車を停めて、明久は大きく息を吐いた。

今朝はいつもより早く目が覚めた。というか、明け方に夢にうなされて、目が覚めてしまった。

もう一度寝直す時間は充分にあったが、目を閉じたら再び同じ夢を見てしまいそうで怖かった。忙しくてここ何日かさぼっていたジョギングに行くことにし、いつもより長めのコースを走って雑念を振り払い、シャワーを浴びてすっきりした……はずだった。

視線を上げると、空は明るく晴れ渡っている。

しかし明久の心はどんよりと曇ったままだ。

大学時代の、苦い思い出。後味の悪さは今もなお消えることがなく、それどころか年を経るにつれてますます強くなってきている。

かつての恋人の中で、くり返し夢に現れるのは勲だけだ。

蜜月《みつげつ》時代の楽しい日々のこともあれば、今朝方のようにつらい場面のこともある。いずれにしても、目覚めたときに自己嫌悪の感情に苛《さいな》まれることに変わりはない。

（……今頃どうしてるんだろうな）

風の便りに、地元に戻って小児科医になったらしいと聞いている。

それを聞いたとき、明久はほっとしたような、やるせないような、複雑な気分を味わわされた。

自分が望んだ通りの結末だ。ただし、あのとき別れなければたどり着かなかったであろう結末。

小児科医になったのは意外だったが——確か彼が継ぐ予定の総合病院に小児科はなかったはずだ——なぜ小児科を選んだのか、今となっては尋ねることも叶《かな》わない。

（まあ、あいつのために小児科を新設することくらい簡単だろうし）

シートにもたれたまま、車のデジタル時計に目をやる。

始業まで、一時間近くある。早めに出勤して判例を読んでもいいが、まずは一階のカフェで濃いめのコーヒーを飲んで気分転換したほうがよさそうだ。

車から降り立つと、さわやかな薫風が通り過ぎていった。

五月もそろそろ終わりに近づいている。職場の窓から見える花丘城公園の木々も、日に日に緑の色を濃くしている。

春には桜が満開になり、夏は青々とした葉が生い茂り、秋には美しく紅葉した木々が目を楽しませてくれる。花丘に来てから、初めて明久は四季の移り変わりをしみじみと実感するようになった。

職場だけでなく、明久の住むマンションも眺望が抜群だ。鳥居川の畔《ほとり》に位置し、遠くになだらかな稜線を描く山々を望むことができる。不動産業者に案内された際、十階のバルコニーから見た景色が気に入って、その場で契約を決めたほどだ。

花丘に来て五年、明久はここでの暮らしをこよなく愛している。

会社員から弁護士に転身し、最初は東京のどこかの事務所に入るつもりだった。

ところが大学時代の恩師に挨拶に行った際、花丘市の弁護士事務所で修業してみないかと勧められた。四つ葉法律事務所の共同経営者のひとりが恩師の大学時代の同級生で、東京の大手法律事務所で名をはせた優秀な弁護士だという。

縁もゆかりもない土地に行くことに、最初は躊躇《ちゅうちょ》した。子供の頃から転居をくり返していたので、いい加減どこか一箇所に落ち着きたかったのだ。

あまり記憶はないが一応出身は東京だし、大学時代と会社員時代を東京で過ごし、なんとなくこのまま東京に落ち着くのだろうと考えていた。

けれど、会社員時代の通勤地獄に嫌気がさしていたのと、ここではないどこかに本当の居場所があるのではないかという漠然とした思いもあり——とにかく一度、花丘に行ってみてから返事をすることにした。

（……それに、あいつの地元にも近かったしな）

唇に、自嘲《じちょう》の笑みを浮かべる。

花丘市の場所もよく知らなかった明久は、自宅に戻って地図帳を開いてはっとした。同じページに、勲の地元の福原市《ふくはらし》が載っていたのだ。

隣の県だし、決して距離が近いわけではないが、それでも東京よりはずっと近い。偶然会えることを期待するほど能天気でもない。いや、偶然会ったりしたら、かえって自分はうろたえ、困り果ててしまうだろう。

二度と会わないほうがいい。彼には彼の人生があり、それを邪魔するまいと決めたのだ。けれど、彼の近くで思い出に浸りながら生きていくくらいは許されるのではないか……。

「難波さん」

ふいに背後から名前を呼ばれ、ぎくりとする。

声をかけてきたのは、同じ事務所の後輩の渡辺雄大《わたなべゆうだい》だった。四つ年下の二十六歳、百九十センチ近い長身に鍛え上げた逞《たくま》しい体つきの、いかにも体育会系然とした青年だ。

頑丈そうな顎《あご》に鋭い眼光、男前というよりも強面《こわもて》といったほうがぴったりくるので、初めて会ったとき、弁護士ではなく警備員か用心棒の間違いではないかと思ったものだ。

『うわー、なんか強そう。瓦とか割ったりしてんの？』

『いえ、自分はボート部でしたから……。高校までは野球やってました』

握手をしながら軽口を叩《たた》くと、雄大は大真面目《おおまじめ》な表情で答えてくれた。

見た目の印象と違い、雄大は朴訥《ぼくとつ》な男だった。真面目で素直で仕事熱心で、上司の三宅《みやけ》と平松《ひらまつ》同様、明久はこの後輩を高く評価している。

「おはようございます。カフェに寄っていかれるんですか？」

「ああ、おまえも一緒にどう？」

「そうですね、まだ時間ありますし」

ふたりで肩を並べて、一階のカフェ〈Clover《クローバー》〉に向かう。

美味《おい》しいコーヒーのみならず、フードメニューも充実しているので、いつ行っても賑《にぎ》わっている店だ。マスターお手製の焼き菓子が絶品で、一番人気のブラウニーはわざわざ県外から買いに来るファンもいるらしい。

店内に入ると、出勤前の県庁の職員や近所の銀行員たちでほぼ満席だった。

「テイクアウトにするか」

「そうですね」

カウンターに並ぶと、雄大が珍しくそわそわした様子で店内を見渡した。どうやら最近四つ葉ビルヂングに移転してきたデザイン事務所に気になる女性がいるらしい。

「お目当ての子はいたか？」

「ええっ？　いえ、そういうわけじゃ……」

「隠すなって。87《ハチナナ》デザインオフィスの子を探してるんだろう？」

「いえあの……難波さん、声大きいです」

日に焼けた頬が、うっすら赤くなっている。

後輩の初々《ういうい》しい反応に、明久はくくっと喉《のど》の奥で笑いを噛《か》み殺した。

「おっと、失礼。俺もすっかりデリカシーのないおじさんになりつつあるな」

ふと、カウンターに近い席の若い女性がこちらを見ていることに気づく。

知り合いかと思ったが、記憶にない顔だ。手元のスマホを見るふりをしながら、値踏みするような視線で自分と雄大を見比べている。

(ま、俺と雄大が一緒にいたら、嫌でも目を引くからな)

自惚《うぬぼ》れているわけではないが——いや、他人から見たらこういう感情こそが自惚れなのかもしれないが——ごく自然にそう感じて、明久は女性に背中を向けた。

雄大はというと、自分が女性から興味深げに見られていることに気づきもせず、何やら難しい顔をして壁面のメニューを見上げている。

雄大ほどではないが、明久も身長が百八十五センチあり、中学時代からテニスで鍛えてきた体はなかなかに逞しい。そして強面の雄大とは対照的に、モデル張りの華やかで甘いマスクの持ち主だ。

実際、芸能事務所にスカウトされたことも一度や二度ではない。

この容姿のおかげで、子供の頃から良くも悪くも目立ってきた。異性からはまるで王子さまのようだと賞賛され、同性からは軽薄そうなナンパ男だとレッテルを貼られ……けれど、トータルで見るとやはり得をすることが多かったように思う。

「お待たせしました。ご注文はお決まりでしょうか」

「ああ……本日のおすすめのホットをテイクアウトで」

順番が来たので、明久は笑顔を浮かべて顔なじみのアルバイトの青年に告げた。

「おまえさ、結構もてるんだから、もっと自信持ってアプローチしてみれば？　まずはさりげなく食事に誘うとかさ」

カフェを出て四つ葉ビルヂングの正面玄関へ向かいながら、明久は雄大に声をかけた。

「そうしたいのはやまやまなんですけど、本人を目の前にすると緊張してしまって……」

雄大が、厳《いか》めしい容貌《ようぼう》には不似合いな、切なげなため息を漏らす。

「ああ、そういうフレッシュな感覚、いいねえ」

「からかわないでくださいよ」

「いやほんとに。俺なんかもうすっかりすれっからしだからさ」

雄大は恋愛に苦手意識を持っているらしい。まったくの恋愛未経験者というわけではなく、過去にはそれなりにつき合った女性がいるようだが、少なくともこの二年は誰ともつき合っていない。

「俺から見たら、難波さんは恋の達人て感じですよ。なんていうか、どんな場面でもスマートでクールに振る舞えるんだろうな、と」

「……そうでもないさ。格好悪くもがいてるときもある」

そう答えてから、女性との交際で格好悪くもがいたことなど一度もないということに思い当たる。雄大の言う通り、いつもスマートでクールに……言い方を変えれば淡泊、ときには冷淡に振る舞ってきた。

相手に求めるのは後腐れのない関係で、だからそういうつき合いのできる相手しか選ばない。

後にも先にも、恋の苦しみを味わったのは勲のときだけだ。

そして今も、みっともなく未練を断ち切れずにいる——。

「難波さんが格好悪くもがいてる姿なんて想像できませんね」

正面玄関の古めかしい扉を開けながら、雄大がしみじみと呟《つぶや》く。

「まあね。人には絶対見せないから」

「そういえば、難波さん今フリーですよね。それとも、もう新しい彼女できたんですか?」

「いや、当分そういうのいいやと思って。いなけりゃいないで別に不自由しないし」

先月、つき合っていた女性と別れたばかりだ。大手流通会社に勤務するキャリアウーマンで、明久にしては長く、一年ほど続いていたのだが、彼女が本社に転勤することになって関係を解消した。

そう、別れるというよりも解散といった感じの、実にあっさりとした終わり方だった。

もともと彼女は本社勤務を希望しており、明久との関係は花丘にいる間限定だと明言していた。週に一度会って食事をし、ホテルに行く。互いに仕事が多忙になり、逢瀬《おうせ》は半月に一度になり、月に一度になり……最後に会ったときは、実に二ヶ月半ぶりの対面だった。

『本社に転勤が決まったの』

食事の席で切り出され、明久は内心ほっとした。

これで後腐れなく終わらせることができる。美人で頭がよく、体の相性も悪くはなかったが、次第に顔を合わせるのも億劫になってきていたところだった。

食事のあと、いつものようにホテルに行こうとした彼女に、明久はここで別れようと告げた。

『どうして？　最後の記念に、したくない？』

『これが最後だと思うと、いろいろ身構えてしまうからな』

『私は最後の思い出が欲しいわ』

『ごめん。そういうの苦手なんだ。感傷的になってしまいそうで』

内心はどう思ったのかわからないが、彼女は『明久らしいわね』と言って微笑《ほほえ》んだ。

今思えば、彼女は自分とよく似たタイプだった。決して感情的にならず、本心を明かすこともない。互いの領域を侵さぬよう、いつも慎重に距離を取り合っていた。

「難波さんが言っても説得力ありませんよ」

エントランスの郵便受けから新聞を取り出しながら、雄大が可笑《おか》しそうに笑う。

「俺ってそんなに女好きに見える？」

軽い調子で返すと、雄大がふと真面目な表情になった。

「いえ、むしろ……難波さんて女性との間に常に壁を作ってますよね。合コンとかでも親しげに会話しているようで、実は相手にしゃべらせておいて、適当に相槌《あいづち》打ってるだけですし」

雄大の指摘に、明久は軽く眉《まゆ》をそびやかした。

なかなか鋭い意見だ。雄大は一見脳みそまで筋肉の体育会系に見えるが、さすが弁護士だけあって観察力に優れている。

「ああいう場では、迂闊《うかつ》に本音を漏らさないのが鉄則だ」

「ですよね。ああいう駆け引きめいた会話、ほんと苦手ですよ。真面目に話すと野暮ったいと思われるし、黙っているとメンバーに不満があるのかと誤解されて、男性からも女性からも嫌な顔されるし」

「よかったじゃないか。もう合コンに行かなくても、職場で出会いがあったんだろう？」

「ええまあ……」

雄大の表情が、でれっと緩む。デザイン事務所の、お目当ての子を思い浮かべているのだろう。

「俺もうわべだけの関係に疲れてきたってことかな。それか、いよいよ枯れてきたというべきか」

「難波さんにもきっと、その高い壁を壊してくれる人が現れますよ」

「それっていいのか悪いのか、微妙なところだな」

軽口で応じた明久の脳裏《のうり》に、これまでの人生で一度だけ、壁を乗り越えてきた男の姿が浮かび上がる。

勲は、いとも簡単に壁を通り抜けて明久の心の中に入ってきた。

多分、そこに壁があることに気づきもしなかったのだろう。

(それなのに俺は……あいつを傷つけてしまった)

階段を上りながら、明久は雄大に気づかれないよう密かに深いため息をついた――。


四つ葉法律事務所は、三宅洋二《ようじ》と平松康夫《やすお》というふたりのベテラン弁護士が設立した共同事務所だ。三宅は元検事、平松は東京の大手法律事務所出身で、花丘の高校の同級生だったという。刑事に強い三宅、民事に強い平松がそれぞれの得意分野で活躍し、信頼できる法律事務所として評判が高い。

現在事務所には、居候《いそうろう》弁護士——通称イソ弁の明久と雄大が在籍している。明久は五年目、雄大は二年目の新米だ。

他に事務職員の女性が三名おり、三宅と平松にそれぞれ秘書兼アシスタント、もうひとりが雄大と難波のアシスタントと総務的な仕事をしている。

担当している民事調停の書類を作成し終えて、明久はワークチェアに座ったまま伸びをした。

窓の外に目を向けると、花丘城の天守閣が夕陽を浴びてきらめいている。

午前中は来月行われる裁判について平松と打ち合わせをし、午後はずっと書類の作成に没頭していた。珍しく電話やメールに中断されることなく集中できたので、今日は久々に早く帰宅できそうだ。

コーヒーでも飲んで、少し休憩しようと席を立つ。

事務所内はいくつかの部屋に分かれており、三宅と平松は個室のオフィスを持っている。明久と雄大の部屋は共有だが、半透明のパーティションで仕切られたスペースには充分な広さがあり、いったんデスクの前に座ってしまえば個室のようなものなので居心地はいい。

ちらりと目を向けると、雄大のスペースは空だった。そういえば、今日は午後から拘留《こうりゅう》中の刑事被告人と接見だと言っていたことを思い出す。

給湯室でインスタントコーヒーを入れ、マグカップを手に県庁通りを見下ろす。

ハナミズキの並木が、風にそよそよと揺れている。いつのまにか花はすっかり散って、青々とした葉が茂っていた。

（あいつと出会ったのも、ちょうど今くらいの時期だったっけな）

初夏の空を見上げて、大学に入学してまもない頃のことを思い出す。

ゴールデンウィークが終わり、各サークルの新入生勧誘も一段落した頃、勲はひょっこりと明久の所属するテニスサークル〈ラケッツ〉の部室に現れた。

『すみません、こちらはまだ入部を受けつけてますか？』

『入部はいつでも大歓迎だよ。新入生？』

上級生のひとりがにこやかに対応したが、彼は硬い表情を崩さなかった。

『はい。体育会のテニス部に入ったんですけど、練習方法に納得がいかなくて。部長に意見したら口論になって、やめざるを得なくなりました』

彼のセリフに、部室にいた部員たちがいっせいに鼻白むのがわかった。面倒くさそうな新入生が来た。その場にいた誰もがそう感じたであろう。ちらりと横目で勲を見やりながら、明久もそう思っていた。

正直に申告しなくても、「体育会の雰囲気が合わなかったので」とでも言っておけばいいのに。第一、入部したばかりで練習方法に口を出すなどあり得ない。やり方に納得できないなら、黙ってやめればいいだけのことだ。やめたくないのであれば、自分だったらまずは意見に耳を傾けてくれそうな先輩を見極めるところから始めただろう。

『……そうなんだ。うちはあんまり上下関係厳しくなくて、練習もわりと自由なんだ。うちのやり方が合うかどうかわからないし、まずは一度練習に参加してみてから決めたらどうかな。明日の夕方練習あるから……』

上級生の消極的な対応に、勲は時間と場所を手帳に書き込み、生真面目に礼を言って部室をあとにした。

勲が立ち去ったとたんに部員たちが彼の言動について面白おかしく揶揄《やゆ》するであろうことはわかりきっていたので、明久は授業があると言って立ち上がった。部室棟のロビーでほっそりした後ろ姿を見つけ、追いかけて声をかける。

『ちょっと待って。えーと、名前なんだっけ』

『今牧です』

振り返った勲が、神経質そうに目を瞬かせながら答えた。

そのとき初めて、野暮ったい黒縁の眼鏡の奥にはっとするような美しい瞳があることに気がついた。

切れ長の奥二重、長い睫毛《まつげ》……左目の下にある小さな泣きぼくろが、妙に色っぽい。テニス部にいたというのに肌《はだ》は透き通るように白く、ほっそりとした体つきからも体育会特有のマッチョイズムは微塵《みじん》も感じられなかった。

『……今牧くんね。俺、難波明久。法学部の一年生』

思いがけず印象的な容貌にしばし見入ってしまった明久は、勲の訝《いぶか》しげな表情に慌てて自己紹介をした。

勲は怪訝《けげん》そうな態度を崩さなかった。いったいなんの用だと言わんばかりに、明久をじっと見据える。

男でも女でも、自分が声をかけてこんなふうにあからさまに迷惑そうな顔をした者は久しく記憶にない——そう考えてから、知らず知らずのうちに自惚れていた自分に気づいて苦笑する。

『さっき〈ラケッツ〉の部室にいたんだけど、覚えてない？』

『覚えてるけど、一年生とは思わなかったので』

『ああ、よく言われるんだ。俺、昔から大人《おとな》びてるから』

明久のセリフに、勲は何も反応しなかった。普通なら軽く突っ込むか、賞賛を込めて同意してくれるかのどちらかなのに。

『なんでうちのサークルに入ろうと思ったの？　体育会のテニス部に入ったくらいだから真剣にテニスに取り組むつもりだったんだろうけど、うちはぶっちゃけそれほど真面目に練習やってるわけじゃないよ』

『僕も大会出場を目指しているわけじゃない。何かスポーツを続けたかったのと、父に……

集団の中でのコミュニケーション力を磨いたほうがいいとアドバイスされたから』

率直な言葉に、今度は明久が目を瞬かせた。

まったく、なんと無防備なことか。先ほどの部室での言動といい、初対面の相手にそんなふうに簡単に弱みを見せるもんじゃないと忠告してやりたくなってくる。

『……そっか。それならまあ、いいかもな』

しかし実際に口にしたのは、当たり障《さわ》りのないセリフだった。

勲は居心地悪そうに身動《みじろ》ぎし、『授業があるから』と言って背を向けた。

『あ、俺も。なんの授業？』

追いかけて問いかけると、勲が初めて戸惑いの表情を見せた。

落ち着かない様子で視線を左右に泳がせ、小さな声でぼそっと『生命倫理』と答える。

『それって一般教養の？　じゃあ俺も一緒だ』

隣に並んで、明久はにっこりと微笑んで勲の顔を見下ろした——。

当時のことを思い出し、ふっと唇に笑みを浮かべる。

(俺にしては、珍しく強引な近づき方だったんだよな)

自分のような華やかで目立つタイプの人間は、親しくなりたい相手に対して愛想《あいそ》を振りまく必要がない。さりげない視線ひとつで、向こうのほうから近づいてきてくれるからだ。

けれどあのときは、なぜか勲が自分に興味を持ってくれるのを悠長に待っていられない気分だった。

それに、こちらから行動しなければ、自分に関心を寄せてくれそうになかったというのもある。

思えば、初めて会ったあのときから明久は勲に興味を引かれていた。

無防備すぎる言動、澄んだ美しい瞳……なぜか放っておけなくて、何かと構いまくった。

率直すぎる物言いで勲が周囲の反感を買いそうになったときは間に入って取りなし、誤解を与えるような言動をやんわりとたしなめ……勲が他人とのコミュニケーションをひどくストレスに感じていることを知ってからは、少しでも力になりたくて、ますます親身に寄り添った。

『難波くん、今牧くんの面倒見るのもほどほどにしたら？　端《はた》から見てるとすっごい過保護だよ』

サークルの先輩にそう言われたことがある。彼女の言う通り、あの頃の自分は勲の保護者気取りだった。

それだけならまだしも、勲が周囲とうまくやれるよう手助けするふりをしながら、自分を頼るように仕向けていた節もある。

あの澄んだ綺麗《きれい》な瞳を、自分にだけ向けさせたい。

夏が過ぎ、秋が深まる頃には、明久の中に芽生えた独占欲は次第に恋愛感情ゆえのものだと認めないわけにはいかないところまで膨れ上がっていった。

同性を好きになったのは初めてだったし、そもそも他人に執着を覚えたのも初めてだった。来るもの拒まず去る者追わず、恋愛に関してはそういうスタンスを貫いていた自分が、まさか同性相手に真剣に思い悩む日が来ようとは……。

「難波先生、外線三番に法務局からお電話です」

事務職員の守屋久美子《もりやくみこ》に声をかけられ、はっと我に返る。

「ありがとう」

すっかり冷めてしまったコーヒーを飲み干し、明久はオフィスへと急いだ。

2

花丘駅から徒歩数分のところにある清生会《せいせいかい》病院は、花丘市内でもっとも古い総合病院だ。かつては花丘市でいちばん大きな病院でもあったそうが、国立病院や市民病院が次々と郊外に移転して大規模な医療施設となった今、やや手狭になった感がある。

とはいえ総合病院として長年の信頼と実績があり、交通の便がいいこともあって、今も多くの人々が利用する人気の病院だ。

——三階の脳神経外科の待合室で、明久は額の絆創膏《ばんそうこう》をそっと手で押さえた。

（まだずきずきしてるな……）

椅子《いす》の背にもたれ、小さくため息をつく。

先週の土曜日、自転車で近所のコンビニエンスストアに買い物に出かけた際、駐車場から急発進した車を避《よ》けようとして派手に転んでしまった。

アスファルトにしたたか打ちつけられ、額がざっくりと切れて流血し……コンビニの店員や居合わせた客が駆け寄ってきて一時騒然となり、もう少しで救急車を呼ばれてしまうところだった。

幸い近くの外科医院が開いている時間だったので、すぐに傷の手当てをしてもらうことができた。

額の傷は縫うほどではなく、傷跡も残らないだろうと言われた。ただ、転んだときに頭を打ったらしく、病院から帰ってから次第に頭痛がひどくなってきた。

月曜日に傷の消毒に行った際にそのことを医者に告げると、一度大きな病院で検査をするようにと紹介状を渡された。

家庭裁判所で調停を一件終えたあと、事務所に電話して清生会に立ち寄り、先ほど人生初のＣＴ検査を体験したところだ。

（それにしても、病院ってのはどうしてこうも時間がかかるんだろうな……）

診察室に通されるまで約一時間、ＣＴ検査を受けるまでに四十分、結果が出るまで待合室で待つように言われて、そろそろ三十分。

常連らしい患者は慣れたもので、待ち時間用に持参した本を読んだり、クロスワードパズルに興じたり、中には編み物をしているご婦人までいる。明久としても時間を無駄にせずに先ほどの調停の報告書にとりかかりたいところだが、こんなところで個人情報満載の書類を広げるわけにもいかない。

受付の女性に尋ねると、結果が出るまでもう少しかかるとのことなので、スマートフォンの電源を入れに一度外に出ることにした。

階段を下りて、一階のロビーから中庭に出る。こぢんまりとした中庭にはいくつかベンチが置かれ、明久同様順番待ちらしい患者が数人、スマホを弄《いじ》っていた。

木陰のベンチに座り、まずは事務所に電話して守屋にもう少しかかりそうだと伝え、依頼人からの着信には外出中なので事務所に戻ってから折り返すと連絡する。メールも何通か来ていたが、急ぎの用件ではなかったのでとりあえず目を通すだけにして電源を切る。

ベンチの背にもたれて、明久は深々と息を吐いた。

転倒から四日経ち、頭痛はやや治まってきている。それでもじんじんと疼《うず》くような痛みが続いているのが気持ち悪い。

何ごともなければいいのだが……万が一入院などという事態になったら、今担当している案件をどうしたものかと考える。

背後から煙草《たばこ》の匂いが漂ってきて、明久は顔をしかめた。

中庭は禁煙だと書いてあるのに、誰かが煙草を吸っているらしい。まったく、どこにでもルールを無視する不届き者がいるものだ——。

「ここは禁煙です」

ふいに、喫煙者を咎《とが》める凛《りん》とした声が響き渡る。

「ああ?」

しわがれた男性の声が、不機嫌そうに応じた。

「ここは禁煙なんです。煙草を吸いたければ、一階ロビー奥の喫煙所へ行ってください」

注意をしたほうの男性は、怯《ひる》むことなく喫煙者を諭《さと》している。

その声と口調に、明久は心臓の鼓動が速まるのを感じた。

ベンチに座ったまま、ゆっくりと振り返る。

注意された初老の男性が、口の中で何やらぶつぶつ文句を言いつつ、立ち上がって煙草を踏みつぶしていた。

白衣をまとった若い男性が、ちゃんと火が消えているかどうか確かめるように、じっと地面を見下ろしている。

長くて細い首、すっきりとした頬《ほお》のライン――髪型や眼鏡のフレームが変わっていても、明久が彼を見間違うはずもなかった。

男が立ち去ったあと、若い医者はご丁寧に吸い殻を拾って近くのゴミ箱に捨てに行った。

手を払ってロビーに戻ろうとした彼に、明久はさりげなく……いや、さりげなさを装って、敢《あ》えて軽い調子で声をかけた。

「〈ラケッツ〉の部室でも、おまえよくそんなふうに先輩に注意してたよな」

「……っ！」

弾《はじ》かれたように、彼――今牧勲が振り返る。

驚愕《きょうがく》に見開かれた瞳は、相変わらず美しかった。

こんな場面だというのに、思わず明久は彼に見入ってしまった。

あの頃はまだ少年の面影《おもかげ》を残していたが、八年の歳月を経た今、勲は大人びた美しい青年になっていた。髪をすっきりと整え、細い銀縁の眼鏡をかけた姿には、あの頃の野暮ったさは微塵もない。

誰かが勲をこんなふうに変えてしまったのだろうか。

自分は勲の髪型や服装にはいっさい口を出さなかった。

……いや、勲の美しさを誰にも気づかれたくなくて、変えさせなかった。

勲が雑誌を見ながら「こんな髪型にしてみたい」とか「こういう服、似合うかな」などと言うのを、「そのままのほうが絶対いいよ」と言って変えさせないようにしてきた。

声をかけたものの言葉が続かなくて、勲を見つめたまま立ち尽くす。

「……額のそれ、どうしたんだ」

視線を泳がせながら、勲が硬い声で尋ねる。

自分も勲も「久しぶりだな」とか「元気にしてたか」といった再会の言葉を使わなかったせいか、まるでキャンパスで顔を合わせたときのようで……学生時代に戻ったような錯覚に襲われる。

「え？　ああ……自転車でこけて切ったんだ」

額に手をやって、明久は苦笑した。

まったく、八年ぶりの再会だというのに格好悪いことこの上ない。

「それで病院に？」

「いやそれが、怪我《けが》はたいしたことなかったんだけど、頭痛が治まらなくてさ。さっきCT検査して、今結果待ち」

「………そうか」

「おまえはどうしてここに？　実家の病院、継いだんじゃなかったのか？」

ようやく頭がこの状況に追いついてきて、明久は勲がここにいることの不思議さに気づいた。

明久の質問に、勲が面食らったように目を瞬かせる。

「……知らなかったのか？」

「何を？」

「うちの病院……三年前に閉院したんだ」

「……ええ？」

思いがけない言葉に、明久は眉根を寄せた。

「新聞にも載ったんだけど……ああ、それほど大きく取り上げられたわけじゃないから、福原の人しか知らないかな。もともと赤字続きだったところに事務局長の横領が発覚して、医師や看護師がいっせいに辞めてしまって……」

じわじわと、衝撃が押し寄せてくる。

勲の実家が経営する病院が閉院していた――それも三年も前に。

自分はそのことを知らずにずっと過ごしてきた。

もしかしたら、新聞のどこかに載っていたのかもしれない。あるいは勲の名前や実家の病院名を時折ネットで検索していれば、簡単に知り得た情報だったのかもしれない。

けれど三年前といえば、雄大が来る前に在籍していたイソ弁が辞めたり、大きな裁判を抱えていたりと目がまわるほどの忙しさで、ゆっくり新聞に目を通す暇もなかった時期だ。

ネットで検索しなかったのは、せめてものプライドだ。勲に未練があることを認めたくなかった。それに、勲の現在を知れば、それがどういう内容であれ心が乱れてしまうに決まっている。

「……いつからここに？」

さりげなく聞いたつもりだったが、声が上擦っていた。

「一年前」

「…………」

一年も前から、勲が花丘に……こんなにも近くにいた。

初めて知る事実に、頭では理解できても気持ちが追いつかなかった。

しばし勲の懐かしい泣きぼくろを見つめ、ようやく声を絞り出す。

「……親父《おやじ》さんは？」

「すごくショックだったみたいで、しばらく立ち直れなかった。信頼していた事務局長に裏切られて、患者さんたちからもそっぽ向かれて……一年くらい、誰にも会わずに家に引きこもってた」

何も言えなくて、明久はただ黙って宙を見上げた。

勲は知らないが、明久は勲の父親と面識がある。彼の病院への思い入れを知っているだけに、受けた衝撃の深さは想像できた。

「だけど、今はもう元気だよ。ようやく吹っ切れたみたいで、県北の小さな診療所で働いてる」

「……そうか」

勲の父親は吹っ切れたのかもしれないが、こちらはそうはいかない。

空《むな》しさがこみ上げてきて、明久は地面に視線を向けた。

「すまない、もう戻らないと」

腕時計を見やり、勲が淡々と切り出す。

学生時代の「授業があるから」と同じく、名残惜《なごりお》しさの欠片《かけら》もない態度だ。

くるりと背を向けた勲に、慌てて声をかける。

「ちょっと待って。電話番号とメアド教えてよ」

振り返った勲が、怪訝そうに目を眇《すが》める。「いったいなんのために？」とでも言いたげな表情だ。

「CTの結果、おまえも知りたいんじゃないかと思って」

「……なんでそう思うんだ」

「俺に万が一のことがあったら、後味悪いだろ。おまえが『あのとき電話番号を聞いておけばよかった』って後悔しないように、さ」

気障《きざ》っぽく肩をすくめて見せると、勲の口元に苦笑らしきものが浮かぶ。

「相変わらずだな」

「まあね。携帯出せよ」

スマホを突き出して催促すると、勲は白衣のポケットに手を突っ込んだままあとずさった。

「……いいや。やめておく」

勲の拒絶は、思っていた以上に明久にダメージを与えた。

久々の再会に浮かれてしまったが、勲はまだ忘れていないのだ。

八年の歳月を経たからといって、何ごともなかったようにつき合えるほど、彼の傷は浅くはない——。

「……まだ怒ってるのか？」

「あれはもう終わったことだ」

明久が言い終わらないうちに、勲がぴしゃりと遮る。

その口調に、明久は勲がまだ自分を許していないことを思い知らされた。けれど敢えてそれに気づかないふりをして、親しげな笑みを浮かべて「じゃあなんで？」と小首を傾《かし》げてみせる。

勲が、苛立《いらだ》ったように眼鏡のフレームを押し上げる。

学生時代とまったく変わっていない。明久の言動に腹を立てると、勲はいつもこんなふうに神経質な仕草で眼鏡のフレームを押し上げていた。

「…………万が一のことがあれば、うちに入院するだろうからすぐわかるよ。もしそうなったら、見舞いには行ってやる」

そう言って、勲は再び明久に背を向けた。


脳神経外科に戻ると、CTの結果が出ていた。

脳、頭蓋骨《ずがいこつ》ともに異常なし。画像を指し示しながら説明してくれた医師によると、頭を強打するとしばらく頭痛が続くこともあるという。検査結果を見た限りどこにも損傷は見当たらないので、心配することはないだろうとのことだった。

医者の説明を聞いている間、明久はほとんど上の空だった。

異常なしという言葉に安心したせいもあるのだろうが……それ以上に、先ほどの勲との再会が心を占めていた。

一週間経っても痛みが引かないようであればもう一度来るように言われ、一階の総合窓口で延々と会計を待たされて、ようやく病院をあとにすると日が暮れかけていた。

駅に向かって歩きながら、明久はまだ混乱している頭の中を整理しようと試みた。

勲が、一年も前から花丘にいたこと。

三年前に、彼が継ぐはずだった病院が閉鎖になったこと。

そして……八年ぶりに勲と再会し、自分の中にずっと燻《くすぶ》り続けていた熾火《おきび》が、明々と燃え始めているらしいこと。

(……だが、俺にはもう、勲に恋する資格はない)

苦い思いで、自分に言い聞かせる。

学生時代の関係を終わらせたのは自分だ。

勲のためを思って……と言えば聞こえはいいが、結局のところ、あの頃の自分にはまだ勲と人生をともにする覚悟ができていなかった。

——夕刻の花丘駅は、学校帰りの学生たちで賑わっていた。

明久の前にも、大学生らしきカップルが仲睦《なかむつ》まじげに手をつないで歩いている。

あの頃は自分のことをすっかり大人だと思っていたが、今こうして二十歳《はたち》前後の若者を目にすると、その幼さに驚いてしまう。

今どきの学生が幼いというわけではなく、当時の自分も大人から見たらこんなふうに幼く映っていたのだろう。

実際、今思い返してみると、自分は未熟だった。

その未熟さゆえに、かけがえのないものを手放してしまったのだ――。

路面電車のシートに座り、軽く目を閉じる。

八年前のことが、くっきりと瞼《まぶた》の裏に浮かび上がる。

四ヶ月後に大学の卒業を控えた、晩秋のあの日――。

その頃明久は、残り少ない学生生活のほとんどをアルバイトに費やしていた。

大手商社から早々に内定を勝ち取り、大学の単位も問題なくクリアし、少々暇を持て余していた時期だ。医学生の勲は授業や実習で多忙を極め、それまではほぼ毎日のように互いのアパートを行き来していたのだが、夏から逢瀬の回数が次第に減り、週に一度会うか会わないかになっていた。

自分が社会人になれば、勲と会う回数はもっと減るだろう。

当時明久の心を占めていたのは、自分と勲の将来のことだった。それも決してポジティブな内容ではなく、どちらかというとネガティブな方向の……。

つき合い始めたばかりの頃は、卒業したら勲と一緒に住むつもりだった。

『だけど……周りになんて説明する気だ』

その話をすると、勲は決まって顔をしかめた。

『友人同士でルームシェアしてるって言えばいい。別に誰も気にしないさ』

そう言うと勲は端整な顔にかすかに不快の表情を浮かべ……けれどそれ以上は何も言わなかった。

ところが四年生の夏休みのある夜、ベッドで体を重ねたあと、甘やかなピロートークの最中に何気なくその話を口にすると、勲が真剣な表情で明久の顔を見上げた。

『きみにとって一緒に住むということは、互いの家を行き来するより楽だとか家賃も安く抑えられるとか、合理的な理由からなんだろう？　だけど……僕にとってつき合っている相手と一緒に住むということは、多分きみが考えているよりもずっと重い意味を持っている』

『俺だって、別に軽く考えてるわけじゃないさ』

勲への気持ちを疑われているようで、明久は少々むっとしつつ反論した。

『すまない。きみの気持ちを疑ってるとかそういうんじゃないんだ。ただ、恋愛に対するスタンスは人それぞれだから』

言い淀《よど》み、勲は視線をそらした。緊張しているときの癖で、しきりに瞬きをくり返す。

『ああ。わかってる』

怒っているわけじゃないと伝えるために、明久は唇に笑みを浮かべて優しく勲の前髪をかき上げた。

『……僕はきみと違って、同性としかつき合えない。いずれは両親にも打ち明けるつもりだし、必要とあらば職場でもカミングアウトするつもりだ。だからつき合う相手にも、人生のパートナーになってくれることを期待してしまう』

勲の言葉に、明久はしばし考え込んでしまった。

勲のことは好きだし、これからも恋人でいたいと思っている。

しかし、そのことを他人にどう伝えるか、将来的に結婚に準じた形を取るかどうか、正直考えたこともなかった。

『今まで通り、周りには友人同士だと言って、俺たちだけがわかってればいいっていうのは嫌？』

『嫌ってわけじゃない。僕もまだ誰にも打ち明けてないし、きみにも今すぐカミングアウトを考えてくれとは言わない。ただ……一緒に住むのなら、僕の考えを頭の隅に置いておいて欲しいというだけだ』

愛撫《あいぶ》の手を髪から頬、首筋へと移動させながら、明久は頷《うなず》いた。

『わかった。考えておくよ。まあどっちみち、俺はおまえと別れるつもりはないけどな』

『あ……っ』

薄い胸板をまさぐると、勲は艶《つや》めいた声を上げ……。

――軋《きし》んだブレーキ音に、明久ははっとして目を開けた。路面電車が駅前の大通りから城下町方面への大きなカーブを曲がるところだった。

少し目を閉じていた間にすっかり日が落ち、街は薄闇に包まれている。視線を上げると同時にビルの最上階に設置された看板が点灯し、大手予備校のキャッチフレーズが飛び込んできた。

受験生を鼓舞するメッセージに、懐かしさがこみ上げてくる。あの頃明久がバイトしていた進学塾も、確かこんな文言を看板に掲げていた。

――勲が将来のことを口にして以来、明久はずっとそのことについて考え続けていた。

社会人になったら、そのうち周りは次々と結婚していくだろう。両親からも、結婚について何か聞かれるかもしれない。

結婚願望は持っていなかったが、いずれその話題を避けて通れなくなる日がやってくる。たとえば見合い話を持ちかけられたとして、断るにしても、つき合っている人がいると打ち明けなくてはならない。

そうなったとき、果たして自分は勲をパートナーとして周囲に紹介できるだろうか。

商社で出世するために、同性との結婚は障害になるのではないか。

勲を世間の偏見の目から守り、幸せにすることができるだろうか――。

考えれば考えるほど、気が滅入《めい》った。世間体《てい》ばかり気にする人を内心見下していた自分が、実は世間体に囚《とら》われていることに気づいてしまい……。

そんなある日、ふいに勲の父親が訪ねてきた。

あれは十一月最後の金曜日のこと――進学塾で数学の授業を終えて控え室に戻ると、塾長が不安そうな表情で手招きをした。

『きみにお客さんだ。今牧さんとおっしゃるかたで、きみと話がしたいと言っている』

『今牧?　勲ですか?』

実習が忙しくなってやめてしまったが、勲も去年までここで働いていたので塾長も知っているはずだ。

『いや、多分今牧くんのお父さんじゃないかと思うんだが……』

驚いて、明久は控え室の隣の応接室へ向かった。

生徒や保護者との面談用に使われている小部屋の長椅子に、勲の父親――今牧稔《みのる》が落ち着かない様子で座っていた。

『お待たせしました。難波です』

緊張した面持ちで会釈すると、今牧氏は黒縁の眼鏡を押し上げて明久の顔をまじまじと見つめた。

『……きみが難波くんか』

『はい』

いったいなんの用だろうと、明久は身構えた。

いや、わざわざ上京して会いに来たというだけで——しかも予告なしの不意打ちだ——用件の見当はついていた。

『悪かったね、バイト先まで押しかけて。きみに話したいことがあるんだ』

『——はい』

『ここじゃなんだから、場所を移そう。構わないかな？』

そう言って、今牧氏は立ち上がった。塾長に仕事中に邪魔して申し訳ないと頭を下げ、明久とともに通用口から外に出る。

今牧氏の態度は、丁寧かつ友好的だった。福原では有名な老舗《しにせ》総合病院の院長らしいが、威張ったり他人を見下したりするようなところはひとつもなく、物腰柔らかで穏やかな紳士という印象だった。

おそらく明久と同じくらい緊張しているのだろう。優しげな顔立ちに浮かべた笑みは、ひどくぎこちなかった。

進学塾のそばにある喫茶店に入り、奥まった席に向かい合って着席する。

黒っぽいガラスにレースのカーテンがかかった純喫茶はひどく時代遅れな印象で、毎日のように前を通っているのに入るのは初めてだった。客は入り口近くの席でスポーツ新聞を広げている老人だけ、店内には大きめの音量でシャンソンが流れており、内々の話をするにはもってこいの場所だ。

ふたり分のコーヒーを注文すると、今牧氏はすぐに本題に入った。

『話というのは、きみと勲の関係のことだ』

『……はい』

今牧氏が話し終えるまで、明久は口を挟まず黙って耳を傾けた。

勲に、地元の資産家の令嬢との縁談が持ち上がっていること。先方が身辺調査をする前に、念のために勲の交友関係を調べたこと。

『きみと勲は……恋愛関係にあると思っていいのかな』

運ばれてきたコーヒーを一口飲んでから、今牧氏が切り出した。

『そうです。そのつもりでつき合ってます』

『……そうか』

しばしの沈黙。

このとき流れていた曲のメロディは、今も頭の中にこびりついている。失恋だか悲恋だか知らないが、大袈裟《おおげさ》に嘆き悲しむ歌は明久の神経をぴりぴりと逆撫でした。

『私は……息子《むすこ》の恋愛に口を挟むような野暮な親にはなりたくないと思っていた』

だけど、結局口を挟むんでしょう？

いつもの調子で軽口を叩いて、深刻で重苦しい空気を一掃したい誘惑に駆られた。コーヒーを口に含むことでなんとかその衝動を抑え、黙って今牧氏の話の続きを待つ。

『同性同士の関係に偏見も持っていないつもりだ。だが、自分の息子の話となると、やはりすんなりとは認められない。縁談の話があってもなくても、病院の跡継ぎとして……俗っぽい言い方になるが、普通の人生を送って欲しいと思ってる』

まっとうな人生と言いたいのでしょう？

心の中で茶化しつつ、明久は自分にそれを言う権利はないとわかっていた。

自分も、勲との関係を続けることを躊躇している。

勲のことは好きだし、人生で初めて愛していると思えた相手だが……勲の望む関係は、二十二歳の若造にとってはハードルが高すぎた。

『恥を忍んで打ち明けるが、うちの病院はこのところ赤字続きだ。縁談がまとまれば、病院としても救われる。将来勲が継ぐ病院のためにも、なんとしても……』

『つまり、別れて欲しいということですよね』

だんだん泣き言めいてきた話にうんざりして、明久は今牧氏の話を遮った。

今牧氏が視線をそらし、ため息とともに小さく頷く。

『正直に言います。縁談を理由に別れろと言われるのはすごく不愉快です。だけど、自分があなたの立場だったらと思うと、お気持ちはわかります』

『……すまない』

『謝らないでください。実を言うと……あなたに別れろと言われて、ほっとしている部分もあるんです』

今牧氏が、どういう意味かと問うように首を傾げた。顔立ちはあまり似ていないのに、そういう仕草は勲にそっくりだ。

『勲のことは好きです。決していい加減な気持ちでつき合っているわけではありません。けど、真剣に考えれば考えるほど、自信がなくなってしまったんです……自分に勲を幸せにできるだけの度量があるのだろうかと』

明久の言葉に、今牧氏は黙って俯《うつむ》いていた。

多分、自分が身を引くのが勲のためにいちばんいいのだろう。勲はきっと傷つき悲しむが、自分のような男に人生のパートナーを期待するよりも、誰か他の人を……もっと誠実な男を探したほうがいい。

資産家の令嬢との縁談は全力で回避するだろうが、それは今牧家の問題であって、自分とは関係のないことだ。

どうするか。今ここで、勲と別れると宣言するべきか。

気持ちはほぼ固まっていたが、勲の顔が脳裏に浮かび、未練がましい感情が押し寄せてくる。

まったく、好きだから一緒にいたいというだけではだめなのだろうか。純粋な恋情を貫き通すには、今の世の中はいろいろ複雑すぎる。

『……すみません。少し考えさせてください』

詰めていた息を吐き出して、明久は呟いた。この三十分ほどの間に、一気に老け込んだ気分だった。

『ああ、もちろんだ』

『近いうちに電話します』

立ち上がって今牧氏に一礼し、明久は二度と足を踏み入れることはないであろう喫茶店をあとにした——。

3

午前中の診療を終えて、勲は疲れた目を瞬かせながらデスクにカルテを広げた。

書き漏らしがないかチェックし、診察中に気になった点を追加で書き込んでいく。

数枚目、喘息《ぜんそく》を患《わずら》っている男児のカルテのところで手を止め、眉根を寄せる。男児の症状が気にかかり、医学書を手にとってページをめくる。

（これは小畑《こばた》先生に相談したほうがいいな……）

喘息以外にも、何か別の問題がありそうだ。心当たりのある病名をいくつか調べ、付箋《ふせん》を貼っていく。

いつものように仕事に没頭しながらも、勲はどこか気持ちが浮ついているのを感じていた。

――昨日、思いがけず学生時代に恋人だった明久と再会した。

いや、思いがけずというのは正確ではないかもしれない。花丘に来たときから、自分は明久との再会を常に意識していた。

明久が花丘の弁護士事務所に勤務していることは、同窓会名簿で知っていた。恩師から花丘の病院を紹介されたとき、しばし躊躇してしまったのも、明久が花丘にいることを知っていたからだ。

（……別に明久がいるから花丘に来たわけじゃない。条件がよかったし、実家にも近いし）

眼鏡を外し、こめかみの辺りを両手で揉《も》みほぐす。

偶然再会できるほど、花丘は狭い街ではない。

それでも、自分は心のどこかで期待していたのだと思う。駅やデパートの雑踏の中に明久の姿を探し、患者の名前に難波という文字を見つけるたびにどきりとし……。

しかし半年が過ぎる頃には、偶然の再会などあり得ないという結論に至った。

若手の実業家や起業家が集まる異業種交流会に顔を出してみたのも、もしやという気持ちがあったからだ。多分明久が訪れることはないだろうと思いつつ、花丘で唯一のゲイバーにも訪れてみた。

（そういえば最近行ってなかったな。今夜あたり、ちょっと寄ってみるか）

すっかり顔馴染《なじ》みになったママや常連の顔を思い出し、口元に笑みを浮かべる。今のところ恋愛に発展するような出会いはないが、同じ性的指向を持つ仲間という安心感があって、居心地のいい店だ。

「今牧先生、外線二番にお電話です」

「あ、はい！」

看護師に告げられて、慌てて勲は表情を引き締めた。

（誰だろう）

点滅しているランプを見やり、明久かもしれないという予感に緊張が走る。

大きく息を吐き出して、意を決して受話器を取る。職場に電話してくるなと釘《くぎ》をささなくては、と思いつつ。

『今牧先生？　お世話になっております、山陽《さんよう》製薬の梶原《かじわら》です』

「……ああ、どうも」

電話は顔見知りの製薬会社の営業マンからだった。拍子抜けして、力なくワークチェアの背にもたれかかる。

梶原はやたらおしゃべりな男で、要点以外の無駄話がとにかく長い。話を長引かせないよう素っ気なく対応し、早々に通話を切り上げる。

（………明久じゃなかったか）

認めたくはないが、梶原の声を聞いたとたん、がっかりしてしまった。

だったら携帯の番号を教えればいいようなものだが、簡単に気を許すつもりはない。

（僕はあいつに振られたんだぞ）

大喧嘩《おおげんか》して別れたわけではないが、円満な別れ方だったとも言い難《がた》い。

明久のほうは後腐れなくさっぱり別れたつもりでいるのだろうが、勲は深く傷つき、しばらくの間苦い喪失感を抱えていた。

お互いに、嫌いになって別れたわけではない。明久には、男同士の関係を貫き通す覚悟ができていなかっただけのことだ。

今となっては、勲にも明久の葛藤がよくわかる。

社会に出て思い知らされたが、世間はまだまだ同性のカップルに寛容とは言い難い。特に明久が就職した大手商社は保守的な傾向にあり、ふたりの関係が明るみに出たら居づらくなる可能性が高かった。

(僕が人生のパートナーだとか小難しいことを言わずにいたら、つき合いは続いていたのかもな……)

自分も若かったと思う。なんでも白黒つけないと気が済まなくて、そのせいで周囲の人とずいぶんと衝突してきた。

研修医になり、現場で揉まれているうちに、世の中には白黒つけずに曖昧《あいまい》なままにしておいたほうがいい場合もあることを学んだ。あるいは、白黒の判断を急がずに、状況に応じて柔軟に対応したほうがいい場合も。

そのことに気づいたとき、勲は明久に連絡を取ろうかと考えた。

カミングアウトを強要するようなことを言って悪かった。もう少し気楽に考えて、まずは友人からやり直さないか。

そう申し出たら、明久との関係は復活していたかもしれない。

そうしなかったのは、迷いがあったからだ。

年を取った分、今度はまた違った意味で、勲は人生のパートナーを求めていた。

周囲にカミングアウトなどしなくても、自分たちだけがわかっていれば、それでいい。信頼関係で結ばれ、互いを唯一の伴侶として、ともに年老いていける相手を……。

（そういうの、明久は苦手そうだもんな）

決して浮気者ではないが、勲とつき合う前、明久には常に彼女がいた。

真剣な交際は重すぎると公言してはばからず、本人にそういうつもりはなかったようだが、生真面目な勲から見るとセックスフレンドとしか思えないようなつき合い方ばかりだった。

相手にもそういう後腐れのないタイプを選び、いつも軽《かろ》やかに、期間限定の恋愛を楽しんでいた。

『知ってた？　俺たちつき合い始めて今日で一年だ。こんなに長く続いたの初めてだよ』

寝物語に、そう囁《ささや》かれたことがある。

『……それって、そろそろ飽きてきたってこと？』

『まさか。このまま記録更新を狙うつもり』

そう言って、明久は悪戯《いたずら》っぽく笑ってみせた。

その言葉に嘘《うそ》はなかったのだろう。つき合っている限り、多分浮気もしない。けれど、一生をともにする相手として考えるには、明久はあまりにも遊び慣れていた。

同性としかつき合えない自分と違って、明久はバイセクシャルだ。いつか自分に飽きて、女性のところへ行ってしまうのではないか。

つき合っている間、その不安は常に勲の心の片隅に巣くい、キャンパスやバイト先で明久が女性と親しげに話しているのを見るたびに心をちくちくと突き刺した。

(今も……誰かつき合ってる人がいるんだろうな)

八年ぶりに会った明久の姿が、瞼にありありと浮かび上がる。

学生時代よりも、更に魅力が増していたように思う。華やかで甘い顔立ちに精悍《せいかん》さが加わり、体格もあの頃よりも逞しくなっていた。

仕立てのいいスーツを隙《すき》なく着こなした姿は、思わず見とれてしまうほどで……。

「先生、午後の手術のことで、小畑先生が確認したいことがあるそうです」

「え？　あ、はいっ」

看護師に声をかけられて、はっと我に返る。

慌ててデスクの上に広げたカルテをキャビネットにしまい、勲はミーティングルームへと急いだ。

——午後七時十五分。仕事を終えて職員用の通用口から外に出ると、湿った空気がまとわりついてきた。

もうすぐ六月になる。これから梅雨《つゆ》に向けて、日に日に蒸し暑さが増していくのだろう。

(今日はわりと早く退勤できたな)

ゲイバーに行く前にいったんアパートに戻って腹ごしらえし、軽くシャワーを浴びようと考える。明日は夜勤なので、今夜は少々遅くなっても大丈夫だ。

ぶらぶらと歩いて花丘駅西口商店街へ向かう。この時間なら、お気に入りの弁当屋がまだ開いている。

何を食べようかと考えながら空を見上げると、半分ほどの月が雲に囲まれてぼんやりと霞《かす》んでいた。

雨が近そうな朧月《おぼろづき》に、大学時代の記憶が呼び覚まされる。

(……サークルやめたのも、ちょうど今くらいの時期だったな)

あれは大学二年生の、五月のことだった。

体育会のテニス部よりはましだったものの、やはり練習方針やサークル内の人間関係に馴染めなくて、二年生に進級した頃から勲はサークルをやめる決意を固めていた。

すぐに退部を申し出なかったのは、少々未練もあったからだ。サークルそのものにはなんの未練もなかったが、当時の勲にとって、明久との友情は断ち切りがたいもので……。

勲がサークルに入ると、明久は何かと声をかけてくれるようになった。練習のときだけでなく、同じ授業やキャンパス内で顔を合わせたときも、明久はいつも勲のことを気にかけてくれていた。苦手だった飲み会も、明久がいてくれたおかげで、なんとか失礼な言動をせずにやり過ごすことができた。

自分でも、自分が少々面倒くさい性格だということはよくわかっていた。空気が読めず、他人の感情に無頓着で……社会人になってからはだいぶ改善したと思うが、今でもあの頃のことを思い出すと冷や汗が噴き出してくる。

対照的に、明久はいつも柔軟に、周囲に気配りのできる男だった。実を言うと、最初は軽薄で調子のいいやつだと思っていた。つき合っていくうちに、明久が周囲と軋轢《あつれき》を生まないように敢えてそういう態度を取っているのだということがわかってきた。

『父親が転勤族だったからな。何度も転校してると、自然と当たり障りのない社交術が身につくもんだよ』

本人はやや自虐的にそう言っていたが、二十歳そこそこの若者に、なかなかできることではない。先輩と衝突しそうになるたびに間に入って取りなしてくれたり、無愛想な物言いをやんわりと注意してくれたり、明久にはずいぶんと助けられた。

人づき合いが苦手な自分に、ここまで親身になってくれた友人は今までいなかった。しかしサークルというつながりがなくなれば、明久もこれまでのように自分の世話を焼いたりはしないだろう。

それが名残惜しくてなかなか踏ん切りがつかずにいたのだが、新入生の中にやたらと明久に媚《こ》びを売る女子学生がいて、それに対して明久もまんざらでもなさそうな態度を取るのを見ているうちに苛立ちが募り……。

あとになって気づいたが、自分は彼女に嫉妬していたのだと思う。当時はまだ明久への気持ちを自覚しておらず、単に仲のいい友人を奪われて面白くないのだと思っていた。

『サークルやめるんだって？』

――アルバイト先の進学塾で授業を終えて控え室に戻ると、長椅子でテキストを読んでいた明久が、勲の顔を見るなり切り出した。

『……あれ？　火曜日ってバイト入ってないんじゃなかった？』

三ヶ月ほど前から、明久も同じ塾でバイトするようになった。それまでは家庭教師をしていたのだが、塾講師のほうがしがらみがなくて気が楽だと言って転職してきたのだ。

『入ってない。だけど、電話してもおまえ出ないし』

『ああ……実習のとき電源切ったまま忘れてた』

携帯電話の電源を入れると、明久からの着信履歴がずらりと並んでいた。目を瞬かせて視線を上げると、明久が珍しく不機嫌そうな顔をしている。

『なんで黙ってたんだよ』

『サークルやめること？　別に隠してたわけじゃない。今度会ったら言うつもりだった』

『そうじゃなくて、なんで相談してくれなかったんだよってこと』

『……それは……』

言い淀んで、勲は眼鏡のフレームを押し上げた。

やめたいと言えば、明久はきっと引き留めてくれただろう。けれど、やめたい理由をなんと説明すればいいのか。

『確かに、きみには散々世話になってきたのに、何も言わずにやめたのは悪かったと思う』

硬い声で告げると、明久がいつもの表情に戻って頷いた。

『……ま、おまえはひとりで抱え込むタイプだからな。やっぱり練習方針に納得いかなかった？』

『それもあるけど、僕にはサークル活動は向いてないとよくわかったんだ。テニス以外のコンパとか合宿とか、どうしても好きになれなくて』

『テニスは続けるのか？』

『ああ、続けたいと思ってる。調べたらアパートからわりと近いところにテニスクラブがあって、壁打ちもできるみたいだから』

『じゃあこの機会に、俺も一緒にやめようかな』

広げていたテキストを閉じて、明久が体を起こした。

『ええ？　だってきみは、次期部長だろう？』

『別にそうと決まってるわけじゃない。部長になりたいやつは他にいくらでもいるし』

『だけど、何もきみまでやめなくても……。僕と違って、きみはサークルにも馴染んでるんだし』

『そうでもないさ。実を言うと、俺もちょっと前から考えてたんだ。大学生にもなって、気の合わない連中と無理して一緒にいることないなって。それに、司法試験の勉強会に参加しようかと思ってるし』

『……ほんとに？』

『ああ。サークル活動はもう満喫した。テニスなら、別にサークルに入ってなくても続けられるしな』

『………』

明久もサークルをやめると聞いて、複雑な気分だった。自分に合わせてくれたと思うほど自惚れてはいない。それよりも、サークルをやめることが明久の順風満帆な大学生活に影を落とすのではと心配だった。

しかしその心配も、明久の『まずはふたりでテニスクラブに入会するか』という言葉に、霧のようにかき消えていった。

サークルをやめても、明久は友達でいてくれるつもりなのだ。

それが嬉しくて、勲は『明日入会申込書をもらってくる』と声を上擦らせた。

（あのとき、思い切ってサークルやめて正解だったな）

商店街の中を歩きながら、ふっと口元に笑みを浮かべる。

わずらわしい人間関係から解放され、勉強やアルバイトに充《あ》てる時間が増え、そして何より、明久とふたりきりの時間が増えた。

サークルと違ってテニスクラブは他のメンバーからの干渉もなく、実に快適だった。優秀なコーチのおかげで勲も明久もめきめきと上達し、小さな大会ではあったが、ダブルスを組んで優勝したこともあった。

「……っ」

優勝のお祝いにと、奮発して赤坂《あかさか》の高級焼き肉店に行ったときのことを思い出す。

『ニンニクくさいのはお互いさまだから、別にいいだろ』

そう言って、明久は勲をホテルに誘い……。

淫《みだ》らな記憶がよみがえりそうになり、慌てて振り払う。

（この時間じゃ日替わり弁当はもう売り切れてるな。親子丼にするか、それとも鮭弁当にするか……）

弁当屋の看板が見えてきて、何を食べるか考えることに集中する。

けれど記憶の蓋《ふた》はなかなか閉じてくれなくて、頬を火照《ほて》らせながら店員に注文を告げる羽目になってしまった——。

◇◇◇

——午後七時三十分。四つ葉法律事務所のオフィスは、しんと静まりかえっている。三宅と平松、それに雄大も仕事で外出中だ。事務員のうちふたりは定時で上がり、残業していた守屋も先ほど帰宅した。

判例集の文字を目で追いながら、明久は眉間《みけん》に皺《しわ》を寄せた。

(だめだ。全然頭に入ってこねえ)

盛大なため息をついて、判例集をぱたんと閉じる。

勲との再会にひどく心をかき乱され、昨日からずっと気持ちが落ち着かない。

さすがに会議中や依頼人との打ち合わせ中は気が張り詰めているのだが、何かの拍子に仕事モードからプライベートモードに切り替わると、勲の顔がちらついてしまう。

何よりも衝撃的だったのは、勲の実家の病院が閉院していたことだ。

それを聞いたとたん、だったら自分はいったいなんのために身を引いたのだろうとやるせない気持ちがこみ上げてきた。

（……いや、病院の跡継ぎとか資産家の令嬢との縁談だとかに関係なく、俺はあいつから逃げたんだ）

前髪をかき上げて、苦々しい思いを噛み締める。

もしもあのとき勲の父親が訪ねてこなかったとしても、いずれ自分は勲から逃げていたかもしれない。

そう考えると、自分のことがたまらなく嫌になってしまう――。

（この俺が、恋愛に関して自己嫌悪に陥る日が来るとはな）

仕事中にまで恋人――現在であれ過去であれ――に思い煩わされるなんて、まったく自分らしくない。

デスクに肘《ひじ》をつき、無意識に指先で唇をなぞりながら、明久は今朝から何度も頭の中でくり返し自問してきたことに決着をつけようと試みた。

もう一度やり直さないかと申し出るのは、あまりに図々《ずうずう》しいだろうか。

当時の自分には覚悟ができていなかったと謝り、もう一度チャンスをくれないかと頼む。

勲はすぐには許してくれないだろうが……まずは友達からでもいいから、チャンスが欲しかった。

明久が会社員から弁護士に転身した理由はいくつかあるが、そのうちのひとつは誰にも明かしたことがない。

勲に強く惹《ひ》かれたことで自分がバイセクシャルだと気づいた明久は、勲と別れたあとにもうひとつ重大なことに気づいてしまった。

——多分、自分はゲイだ。女性ともつき合えるので世間的にはバイセクシャルということになるのだろうが、本当に愛したのは同性だったし今後もそうだろうという予感があった。

今のところ、勲以外に本気になった相手はいない。それどころか勲以外の男とつき合ったこともないのだが、人生をともにするパートナーは女性ではないと確信している。

いずれ運命の相手が現れたときに、今度は堂々とカミングアウトしたい。

誰にも文句を言わせないためには、会社組織に属さず、フリーランスの身でいたほうがいい。今は四つ葉法律事務所に勤務しているが、いずれは独立するつもりでいる。

二度目の本気の恋は、後悔したくない。

そう思いつつも積極的に同性の相手を探そうとしなかったのは、心のどこかに勲こそが運命の相手で、もう二度とあんな相手は現れないのではないかという思いがあったからだ。

(その勲と偶然再会できたってことは、やっぱり勲こそが俺の伴侶だっていう証拠じゃないだろうか)

気分が高揚してきて、思わず両膝《りょうひざ》を叩く。

しかしその直後に、学生時代に勲に言われた『きみはなんでも自分の都合のいいように解釈する』という言葉がよみがえり、高揚した気持ちがしゅるしゅると萎《しぼ》んでゆく。

（大学生のときは後先考えずに強引に迫って交際に持ち込んだっていうのに、大人になるとそうもいかないな……）

勲の現在の姿を思い浮かべ、眉根を寄せる。

もともと綺麗な顔立ちの青年だったが、しばらく見ない間になんというか、やけに色っぽくなった気がする。髪型と眼鏡のフレームのせいだけではない何かがありそうで、心がざわめいてしまう。

（今誰か……つき合ってる相手がいるんだろうか）

——結局判例集を一ページも読み進められないまま悶々《もんもん》としていると、重そうなブリーフケースを抱えた雄大が外出から戻ってきた。

「お疲れ。夕飯、もう食った？」

「いえ、まだです」

なかなか決着のつかない案件を抱えているせいか、日頃はこの時間でも元気いっぱいの雄大も、少々疲れた顔をしている。

「下の〈Fortuna《フォルトゥーナ》〉に行こうと思ってるんだけど、一緒にどう？」

四つ葉ビルヂングの地下にあるイタリアンバール〈フォルトゥーナ〉で美味しい料理を食べて気分転換することにし、凝《こ》り固まった肩を揉みほぐしながら立ち上がる。

「そうしたいところですが、これから急ぎで仕上げなきゃならない訴状があるんで……」

「そっか。じゃあまた今度な」

軽く手を挙げて、明久はオフィスをあとにした。ひとりで食事をしていると、またしても勲のことを悶々と考え込んでしまいそうだが……。

（いや、ここはひとつ前向きに、今度会ったときになんて言って誘うか作戦会議だ）

軽やかな足取りで、明久は階段を駆け下りた。

4

——週明けの月曜日。午後の診察を終えて廊下に出ると、思いがけない人物が待ち構えていた。

「よお」

廊下の長椅子に座っていた明久が、親しげな笑みを浮かべて立ち上がる。

「…………」

突然のことに、勲は言葉を失って立ち尽くしてしまった。

診察のためにまた脳神経外科に来るかもとは思っていたが、まさか小児科の診察室の前までやってくるとは思わなかった。

脳神経外科と小児科は階が違うので、偶然ではなくわざわざ自分に会いに来たということなのだろう。舞い上がりそうになった気持ちに、慌ててブレーキをかける。

「もう忘れちまったのか？　こないだ会ったばっかりだろう？」

黙り込んでいると、明久がおどけたように言って両手を広げる。

「……何か用か？」

ようやく絞り出した声は硬く、警戒心が丸出しになってしまった。

「ああ、食事のお誘い。よかったら今夜、晩飯一緒にどう？」

あまりに屈託のないそのセリフに、神経がぴりぴりと逆立つのがわかった。

「……冗談だろう」

言いながら、くるりと明久に背を向ける。

「そうそう、ＣＴの結果だけど、何も問題なかったよ。頭痛もすっかり治まったし」

勲の素っ気ない態度をものともせず、明久がしゃべりながら追いかけてくる。

「それはよかった」

廊下の端までたどり着き、勲は職員用の階段室のドアを開けた。関係者以外立ち入り禁止と大きく書かれているにもかかわらず、明久もするりと中に入ってくる。

「いったいなんのつもりだ」

患者や看護師の目がなくなったので、振り返って険しい表情で明久を睨《にら》みつける。

「食事の誘いだよ。今夜がだめなら、別の日でもいい」

蛍光灯の白々とした明かりの下、勲はしげしげと明久の顔を見つめた。

断られるとは思っていない、自信満々の笑顔だ。

（昔から明久はこうだった。サークルの部室棟で、初めて僕に声をかけてきたときから……）

最初は、なんて無神経な男だろうと思った。次第に慣れてきて、夏が来る頃には明久に構われることに喜びさえ感じるようになり……。

蜜月の日々がよみがえり、胸が締めつけられるような感覚に襲われる。

——だめだ。この誘いに乗ってはいけない。

自分はきっと、明久に未練があることを見抜かれてしまう。

明久のほうも、もしかしたらよりを戻すつもりで誘っているのかもしれない。

けれど結局、またあのつらい思いをくり返すことになるのだ——。

「……断る」

無意識に身を守るように腕を組んで、勲は半歩あとずさった。

「なんで？」

「きみは僕を捨てたんだぞ」

職場だということも忘れて、勲は声を荒らげた。

勲の剣幕に、明久が初めて表情を凍りつかせる。しかしそれも一瞬のことで、すぐに穏やかな笑みを取り戻した。

「ああ、わかってる。あの頃の俺は本当に馬鹿だった」

「…………」

騙《だま》されるものかと、勲は組んだ腕に力を込めた。

自分も、あの頃は本当に愚かだった。明久に愛を囁かれ、この関係がずっと続くものだと信じてしまうほどに……。

「なあ、もう一度チャンスをくれないか」

「……いや、無理だ」

明久の言葉に心が激しく揺れ動いたが、勲は自分に言い聞かせるように声を絞り出した。

「まだ許してくれてないってこと？」

その言い方に、かちんとくる。機嫌を伺《うかが》うような態度が不愉快だし、まだ根に持っているのかと呆《あき》れているような口調も腹立たしい。

「昔のことはもういい。そうじゃなくて、つき合ってる人がいるから一緒に食事には行けない」

一気にまくし立てて、勲はふっと全身に張り詰めていた力が抜けるのを感じた。

そうだ、最初からこう言えばよかったのだ。嘘をつくのは気が引けるが、今更明久に対して正直である必要はない。

明久の顔に、動揺の色が浮かぶのがわかった。自信満々に口説《くど》こうとしていた男の鼻柱をへし折ってやることができて、すっと溜飲《りゅういん》が下がる。

「つき合ってる人って……男？」

「そうだ」

ようやく優位に立つことができてほっとし、勲は顎を反らすようにして頷いた。

「いつから？」

「一年くらい前かな」

「ということは、花丘に来てから知り合った男か。もしかして同僚？」

「いや、同僚ではない」

「じゃあどこで知り合ったんだ」

「それは……きみには関係ないだろう」

明久の追及に、次第にしどろもどろになってくる。嘘は苦手なので、しゃべっているうちにぼろが出てしまいそうだ。

「わかった。一度、その彼氏に会わせてくれないか」

「……ええ？」

思いがけない申し出に、目をぱちくりさせる。

「三人で食事とか、飲みに行くんでもいいけど、とにかく会わせて欲しい。そうしないと諦めがつかない」

明久に詰め寄られて、勲は困って視線を泳がせた。さっきまで優位に立っていたはずなのに、いつのまに形勢逆転してしまったのだろう。

「無茶を言うなよ。第一、きみのことをなんと言って紹介すればいいんだ？」

「正直に元彼だと言えばいい。それとも、過去の恋人の存在は隠してるのか？」

「そういうわけじゃないけど……」

「じゃあ決まり。電話するよ」

「番号は教えてないはずだけど」

少しでも反撃したくて、唇を尖らせる。

「大丈夫。さっき看護師さんから今牧先生の直通番号教えてもらった。じゃあな」

言いながら明久がドアを開け、職員用の階段室をあとにする。

残された勲は、いったいどうしてこうなってしまったのかわからなくて、しばし呆然《ぼうぜん》と立ち尽くした――。


花丘駅前から市役所方面に少し歩くと、飲食店が建ち並ぶエリアがある。

戦後は闇市で賑わった場所で、バブル時代に南北に走る用水路が整備されてグリーンロードという名の公園になり、周辺に洒落たバーやレストランが集まるようになったと聞く。

グリーンロードを通り過ぎ、大通りを一歩中に入ったところが歓楽街だ。といっても大都市に比べると地味なもので、東京の歓楽街には恐ろしくて近づくことができなかった勲も、花丘に来てから初めてゲイバーに足を踏み入れることができた。

それでも少々緊張しつつラブホテルの角を曲がり、蔦《つた》が絡まる雑居ビルを目指す。

一階は小料理屋、二階はスナック、三階は雀荘《じゃんそう》、そして四階がゲイバー〈マーキュリー〉だ。

エレベーターを降りて黒いドアを開けると、カウンターにいた長身の女性が振り返った。

「あらあら、来たわね。金曜日の醜態の言い訳を聞こうじゃないの」

〈マーキュリー〉のママ、ヴェロニカが、真っ赤な口紅を塗った唇を突き出すようにして笑みを作る。

「え……そんなにひどかったですか？」

不安になって、勲はドアを押さえたまま固まってしまった。

「いいからお入りなさいよ」

手招きされて、おずおずと店内に足を踏み入れる。

――先週の金曜日、早めに上がることができたので、いったん帰宅してからシャワーを浴び、さっぱりした気分で〈マーキュリー〉に向かった。

明久のことは忘れて楽しく過ごすつもりだったのだが、飲んでいるうちに封印していた記憶の扉がぱかっと開いてしまい、明久のことをあれこれ愚痴ってしまった気がする。

深夜二時頃、ママに起こされてタクシーに乗せられたのは覚えている。次に気づいたのは翌朝十時で、服のままベッドに倒れ込んでいた。記憶にはないが、バーとタクシーの領収書がズボンのポケットに入っていたので、酔っていても支払いはちゃんと済ませたらしい。

店内を見渡すと、ボックス席には既に何組かの客がいた。カウンター席には常連客がひとりいて、勲の顔を見ると軽くグラスを掲げて挨拶してくれた。

「普段の勲ちゃんは、お行儀のいい常連さんベストスリーに入るいい子ちゃんよ。けど、金曜日の勲ちゃんは大荒れに荒れてた」

「ああ、俺も見てたけど、ありゃあ見物だった」

常連客の初老の紳士——皆からカンさんと呼ばれている男も深々と頷いて同意する。

「うわ……お恥ずかしい。何かご迷惑おかけしてなければいいんですが……」

カンさんに促されて隣の席に座り、勲は恐縮してふたりを交互に見やった。

「大丈夫。あたしたちに絡んでたくらいで、害はないわ。勲ちゃんは酔っても暴れたり物を壊したりしないから」

勲の前におしぼりと突き出しの小皿を並べ、ママがにっこりと笑う。

「いつもクールな勲くんが、元彼への未練たっぷりに乱れる姿は実に見応えがあったよ」

カンさんの言葉に、かあっと頬が熱くなる。

勲は決して酒に弱いわけではない。日頃は少々飲んでも本心を見せない自信があるのだが、明久のことをあれこれ吐露したとなると、相当酔っていたのだろう。

「ま、お客さんたちのいい肴《さかな》になってたわね。勲ちゃんの元彼話に触発されて、過去の忘れられない男の話で盛り上がったりして」

「そうそう、俺も久しぶりに初恋の相手を思い出したよ。あのときの彼と結ばれてたら、全然違った人生だったんだろうなあって」

カンさんが、皺の寄った手を組んで遠くを見つめる。

「で、どうなの？　再会した元彼くんのことは、もう綺麗さっぱり吹っ切れた？」

「それが……ちょっと困ったことになってしまって」

おしぼりを弄りまわしながら、勲はぽつぽつと今日の一件を話した。

恋愛絡みの悩みごとは、人生の大先輩であるママやカンさんに相談するのがいちばんいい。同僚にも友人はいるが、職場ではまだカミングアウトしていないし、友人も恋愛経験が豊富なタイプではないので、相談しても困らせてしまうだけだろう。

学生時代は、他人に恋の悩みを相談するなど考えられなかった。しかしこの店に通うようになって、同類の仲間とあれこれ愚痴を吐き合ったり慰め合ったり、思っていることを口にするだけでもずいぶんと気が楽になるということに気づいた。

それに、この店は従業員も客も口が堅くて信頼できる。ばれたらばれたで構わないというやや自棄《やけ》っぱちな気持ちで清生会病院に勤務していることをオープンにしているが、これまで誰ひとり告げ口をする者はいなかった。花丘で唯一のゲイバーということで、仲間意識が強いのだろう。

「あらまあ、元彼くん、よりを戻す気満々ね」

話を聞き終えたママが、美しく弧を描いた眉をそびやかす。

「彼にもう一度チャンスをあげるってのは？」

カンさんの言葉に、ママが今度はくっきりとアイラインを引いたまなじりをつり上げた。

「だめよ。だって勲ちゃんを深く傷つけた男よ？　どうせまた同じことをするに決まってるわ」

「けど、彼も大人になって少しは成長したのかもしれないじゃないか」

「あたしもそう思ってた時期があったけど、そういう男はたいてい成長しないもんなの。勲ちゃんにはこれ以上傷ついて欲しくないのよ」

どうやらママは勲派、カンさんは明久派らしい。ふたりが熱い議論をくり広げ、勲は酎ハイを飲みながら耳を傾けた。

「それで、勲ちゃんはどうしたいの？」

「そうそう、勲くんがどうしたいのかが重要だよ」

議論に決着がつかなくて、ママとカンさんが勲に向き直る。

「……僕は……」

しばし宙を見つめ、勲は明久の顔を思い浮かべた。

「……頭では、ママの言う通りだと思うんです。もう二度と彼に振りまわされたくない。でも、二度と会いたくないかといえば、そうではなくて……」

「わかるわ。あたしも、だめな男だってわかってても断ち切れないことがあったもの」

つけ睫毛をぱたぱたさせながら、ママがしんみりと呟く。

「いい考えがある。元彼くんの提案に乗って、今の彼氏と三人で会うんだよ。敵意を剝《む》き出しにするか、それとも紳士的に振る舞うか、それで男の度量がよくわかる」

カンさんの提案に、ママもぽんと手を叩いて頷いた。

「そうね。そういう場って男の本性が見えるのよね。そこで呆れ果てて二度と会いたくないって思うか、それとも友人としてならつき合ってやってもいいかなと思えるか」

「でも……肝心の彼氏がいないんですけど」

「それは任せて。半年前までうちでバイトしてた琉聖《りゅうせい》、覚えてる？」

「ええ、覚えてます」

店にはママと同じく女装のウェイトレスもいるし、ホストと見紛うばかりのウェイターもいる。琉聖はウェイターの中でもいちばん人気の、明るくて気さくな青年だった。

「あの子、独立して便利屋を始めたの。従業員は体育会系のイケメン揃《ぞろ》いで……えーと確か開店のときのお知らせがあったはず」

カウンターの下をごそごそと探り、ママが「あったあった」と呟いて一枚のチラシを差し出した。

〝なんでも屋スターシップにおまかせください！〟という大きな文字の下に、お揃いのTシャツを着て腕を組んだ五人の男性の写真が載っている。中央にいる琉聖の他に、ここで客として見かけたことのある顔もふたりいた。

「知らなかった……琉聖さん、社長になったんですね」

「そうなの。うちの常連さんや、スポーツジムやサウナで意気投合した人に声をかけたんですって」

「それってもしかして……」

「そ。全員ゲイもしくはバイセクシャル」

チラシを裏返すと、部屋の片付けや引っ越し作業といった力仕事だけでなく、〝ストーカーにお困りのあなた、しつこく交際や復縁を迫られてお困りのあなた、我々が力になります〟という文言も印刷されていた。

「そこに、レンタル彼氏ってのがあるでしょう？」

「ええ……」

説明文によると、従業員が時間制で彼氏のふりをしてくれるらしい。そういえば前にテレビで、恋人のいない若者が便利屋に恋人役の女性の派遣を依頼し、遊園地で擬似デートをするというドキュメンタリーを見たことがある。

「詳しくは言えないんだけど、上司に迫られて困ってた子が、琉聖のところのレンタル彼氏でトラブル解決したの。ゲイの事情もわかってくれてるし、おすすめよ」

「そうですね……彼氏役なんて、友人には頼めませんし」

「あたしから琉聖に電話してあげましょうか？」

「ええ、お願いします」

勲が返事をするよりも前に、ママは既にスマホに登録してある番号を呼び出していた。

◇◇◇

「難波先生、外線一番にお電話です。今牧さんとおっしゃるかたから」

パソコンに向かって書類を作成していた明久は、守屋が口にした名前にぎくりとして顔を上げた。

「ああ……ありがとう」

急いで笑顔を浮かべ、受話器に手をやる。

今牧という名字は滅多にない。今抱えている案件の関係者にもいないし、電話をかけてきたのはきっと勲だろう。

(勲のほうから電話くれるなんて、いったいどういう風の吹きまわしだ)

昨日少々強引に食事に誘ってしまったが、あの件だろうか。

首を伸ばしてパーティションの向こうに雄大がいないことを確認し、呼吸を整えながら外線一番のボタンを押す。

「……お待たせしました。難波です」

電話を取ってから、ひょっとしたら勲の父親かもしれないという考えがよぎり、やや堅い口調で名乗る。

『……僕だ。清生会病院の……』

「ああ、今牧先生、わざわざお電話どうも」

守屋に聞こえるように大きな声で言って、明久はワークチェアをくるりと回転させた。

『仕事中にすまない。今ちょっといいか？』

「いいよ。てか、おまえのほうから電話くれるなんてびっくり」

声を潜め、砕けた口調に切り替える。

職場での会話にしては、少々馴れ馴れしすぎたかもしれない。案の定、勲の声が不機嫌そうに尖るのがわかった。

『……診察中にきみから電話がかかってきたりしたら困るからだ』

「ま、そうだよな。昨日の件？」

わざと勲を苛立たせたい気持ちが湧き起こり——多分あとで後悔する羽目《はめ》になるのだが

——明久は砕けた口調を続行した。

『そうだ。木曜日の夜は空いてるか』

「ちょっと待って……ああ、八時以降なら大丈夫だ」

『じゃあ八時半に、花丘グランドホテルの日本料理店の個室を予約しておく』

「ちょっと待って」

受話器を肩に挟み、時間と店の名前を書き留める。明久も何度か行ったことがあるが、あそこの個室なら他の客に話を聞かれることもないし、落ち着いて食事ができるだろう。

「了解。彼氏も来るの？」

『当然だ。きみが会わせろと言ったんだろう』

勲の声が、再び刺々《とげとげ》しくなる。

このへんで軽々しい口調はやめにしないと、本当に怒らせてしまう。八年経っても、そのあたりの境界線ははっきりと覚えていた。

「だよな。会えるのを楽しみにしてるよ。じゃあ明日」

精一杯の誠意をこめてそう言って、明久はそっと受話器を置いた。

勲に会えるのが楽しみなのは本当だが、彼氏とやらと顔を合わせるのはまったく楽しみではない。

（本当に彼氏がいたのか……）

昨日の勲の態度から、見栄《みえ》を張って嘘をついているのではないかと感じていた。ならば遠慮なく押しまくってよりを戻そうと考えていたのだが、本当につき合っている相手がいるとなればそうもいかない。

（……いや、まだ俺にもチャンスはある。どういう男か、じっくり見定めてやろうじゃないか）

勲にふさわしいと思えない相手だったら、遠慮なく彼氏の地位から引きずり下ろしてやる。

不敵な笑みを浮かべて、明久はワークチェアの背に深々ともたれかかった。

5

夜勤明けの木曜日、勲はぴりぴりした気分で駅前の花丘グランドホテルに向かっていた。

「勲さん、歩くの速いっすね」

隣で、日に焼けた健康そうな青年が感心したように呟く。

「……ああ、東京にいた頃の癖なんだ。一瞬でも早く人混みから抜け出したくて、つい早足になる」

少し歩を緩めて、勲は隣を歩く青年――レンタル彼氏の勇斗《ゆうと》をちらりと見上げた。もらった名刺には斉藤《さいとう》勇斗と印刷されていたが、多分レンタル彼氏用の源氏名のようなもので、本名ではないのだろう。

「ああ、わかります。僕も東京に遊びに行ったとき、人が多くてびっくりしましたもん。花丘じゃ、あそこまですごい人混みってないですよね」

「ああ、ありがたいことに」

頷いて、愛想のいい笑顔を浮かべようと努力する。

――〈マーキュリー〉で便利屋を紹介された勲は、翌日さっそく琉聖のオフィスを訪れた。

〈なんでも屋スターシップ〉は花丘駅から徒歩五分ほどの古いマンションの一室にオフィスを構えており、琉聖は勲のことをよく覚えていて歓迎してくれた。

まずはレンタル彼氏の業務内容や料金などの説明があり、従業員の写真の中から好きなタイプを選ぶ。

五人の男性の写真を前に、勲はしばし悩んでしまった。

ルックス的には琉聖と〈マーキュリー〉の元常連のひとりが抜きん出ていたが、きらきらしすぎて素人に見えないのが難点だった。

それに、明久とは正反対のタイプにしたかった。明久と似たタイプのイケメンを連れて行ったら、明久はきっと自分に未練があるのだと勘違いする。

(……いや、実際未練があるんだけど)

華やかで甘い顔立ち、長身で均整の取れたスタイル――初めて明久を見たとき、モデルでもしているのかと思った。都会的で洗練されており、それでいて服を脱ぐと意外と筋骨逞しく、野性的な魅力も存分に兼ね備えていて……。

明久の裸体が目の前にちらつき、慌てて振り払う。

(いけない。今は勇斗が彼氏なんだから、それっぽく振る舞わないと)

結局勲は、五人の中からいちばん明久とかけ離れているタイプを選んだ。

濃い眉に一重まぶたの目元がきりりとした、いかにも日本男児という感じの青年だ。身長は百七十五センチの勲とほぼ同じだが、転職前はスポーツジムのインストラクターをしていたそうで、鍛えた体には厚みがあって逞しい。

今日が勇斗との初顔合わせで、明久と会う前に〈なんでも屋スターシップ〉のオフィスで入念な打ち合わせをした。

出会ったきっかけ、つき合うことになった経緯、互いの仕事や趣味――それらを頭に叩き込み、オフィスを出たのが三十分ほど前のこと。

「最後に何か確認しておきたいことありませんか？」

目の前に花丘グランドホテルが見えてきて、勇斗が気遣わしげに尋ねてくる。

「え？　ああ……いや、打ち合わせ通りやれば大丈夫だろう」

「緊張してます？」

「ああ、実を言うとかなり緊張してる」

「僕はレンタル彼氏の経験少ないですけど、今までの仕事は全部成功してますから大丈夫ですよ」

経験が少ないなら、成功率の数字は当てにならないのではないか。

勇斗の言葉に突っ込みたい気持ちをぐっと堪《こら》え、勲は打ち解けたように見える笑顔を作ろうと必死で唇の端を持ち上げた。

◇◇◇

――花丘グランドホテルの十五階にある日本料理店。

約束の時間に五分ほど遅れて到着し、明久は和服姿のウェイトレスに名前を告げた。

「難波さまですね。お待ちしておりました。お部屋にご案内いたします」

「連れはもう来てる？」

個室へ向かいながら、明久はさりげなく尋ねた。

「はい、先ほどお見えになりました」

「ふたりとも？」

「はい、おふたりともおいでです」

ウェイトレスの返事に、少々落胆する。

彼氏がいるというのはやはり嘘で、勲が居心地悪そうに目をそらしながら「彼は都合が悪くなって来られなくなった」と言い訳する場面を想像していたのだが……。

「失礼いたします」

案内されたのは、座敷ではなくテーブル席の個室だった。勲の隣に座っていた青年が、にこやかな笑顔を浮かべて立ち上がる。

「どうも初めまして、斉藤勇斗といいます」

――勲の彼氏だという男を目にして、明久は自分の中に名状しがたい感情が湧き出てくるのを感じた。

(勲が、こんないかにも体育会系の男と？　いやいや、八年も経ったんだから、男の趣味も変わったのかもしれない。それにしてもこのフレンドリーな態度はなんなんだ。俺がこの男の立場だったら、こんなにへらへらしない。もっと毅然《きぜん》とした態度で……)

勇斗と名乗った男に、明久はビジネス用の笑みを浮かべてみせた。

「難波です」

この男にだけは、どうしても負けたくない。

こんな気持ちは初めてだった。つき合っていた女性の新しい恋人と鉢合わせしたり、こんなふうに紹介されたことも何度かある。関係が終わった相手のその後には興味がないので何も感じなかったのだが……多分、今自分の中に猛烈に吹き荒れている感情は、嫉妬というやつなのだろう。

「遅れてすまない。出がけに電話が入ってね」

言いながら、余裕を見せつけるようにゆっくりと着席する。

テーブルを挟んで向かいの席の勲は、ひどく緊張した面持ちで視線を泳がせていた。

「注文は？」

少々思わせぶりな目つきで、勲をじっと見つめて尋ねる。

「……ああ、会席料理のコースを予約してある。飲み物はどうする？」

「そうだな。まずはビールでどう？」

一応、勇斗のほうにも視線を向けて尋ねた。本当は無視したいところだが、こういう場では大人げない態度を取ったほうが負けだ。

「はい、僕はビールで……勲さんは？」

「……ああ、僕もそれでいい」

勇斗と勲のやりとりに、再び嫉妬の炎が燃え上がる。

自分以外の男が、そんな愛《いと》おしげな目つきで勲を見るのは我慢がならない。

（……いやいや、落ち着け。あくまでもクールに、大人の余裕を……）

そう自分に言い聞かせるが、感情は大きく波打っていて鎮まりそうになかった。

注文を受けたウェイトレスが下がり、個室の扉が閉じられる。

「勲さんから聞いてます。弁護士さんなんですよね」

「ああ、まだ半人前だけどね。斉藤くんはずいぶん若く見えるけど、ひょっとして学生さん？」

後半のセリフは、声が少々刺々しくなってしまったかもしれない。

勲がこんな学生じみた年下の男とつき合うなんて、まだ信じられなかった。つき合っていた当時さりげなく……いや、少々強引に聞き出した情報によると、勲は昔から年上の落ち着いた男性がタイプだったはずだ。好きな俳優やタレントも三十代以上で、明久の目にはくたびれた中年にしか見えない男も含まれており、おかげで明久は勲の周りにいる年上の男たちにやきもきさせられたものだ。

「いえいえ、よく間違われるんですけど、社会人です。清生会病院の近くにあるスポーツジムでインストラクターをやってます」

気を悪くしたふうもなく、勇斗がにこやかに答える。

もしも自分が勇斗の立場だったら、恋人の元彼——しかも勇斗から見たら大人の男性だ——に、果たしてこんな態度を取れるだろうか。

見た目はともかく、勇斗のほうが余裕があるような気がして、明久はばつが悪くなってしまった。

「へえ……勲とは、そこで?」

黙っていては不自然だ。とりあえず、無難な質問をくり出す。

勇斗が「話していいですか?」というように勲を見やり、勇斗と目を見合わせた勲がおずおずと口を開いた。

「……ああ。またテニスを始めようと思ったんだが、テニスクラブはどこもいっぱいで。そしたら同僚が、近くのスポーツジムにスカッシュのコートがあるって教えてくれて……」

おしぼりを両手で弄りまわしながら、勲がしきりに瞬きをくり返す。元彼と今彼に挟まれ

て、ひどく居心地の悪い思いをしているのだろう。

「なるほど。そこでインストラクターをしている斉藤くんと出会ったわけだ」

あからさまに声が尖ってしまった。まるで、勇斗と出会ったことを責めているような口調だ。

自分にそんな資格がないのは重々承知している。

けれど、どこか自惚れていたのかもしれない。勲が自分以外の男に夢中になるはずがない、と。

(勲は……この男にあんな顔を見せたりあんな声を聞かせたりしてるんだろうか)

突然明久は、言いようのない悲しみに襲われた。

いくら嫉妬の炎を燃やしても、何もかももう遅すぎる。勲は別の男と出会い、明久にだけ見せていた顔を見せているのだ。

どうしてあのとき、勲の父親の言うことを聞いてしまったのだろう。

いや、問題は勲の父親ではない。

なぜ自分は勲から逃げてしまったのか——。

「お待たせいたしました」

扉が開き、ウェイトレスがビールとグラス、前菜をテーブルに並べていく。

取り返しのつかない失敗をしてしまった自分を責めながら、明久は苦い思いでグラスを見つめた――。

明久の内心の葛藤はともかく、会食は滞りなく進んだ。

なごやかに、とは言い難いかもしれない。精一杯愛想よく振る舞ってはいるが、多少ぎくしゃくしてしまうのはメンバーの事情を考えれば仕方のないことだろう。

(けどまあ、この中でいちばん居心地悪い思いしてるのは勲だろうな)

食事が進むにつれ、明久も少し気持ちが落ち着いて勲と勇斗を観察する余裕が出てきた。

勇斗は二十五歳だという。県北の出身で、大学進学を機に花丘に出てきたらしい。体育教師の資格も持っているそうで、明久の持つ体育教師のイメージに反して穏やかな話し方をする好青年だった。

当たり障りのない話をしながら、少しずつ情報を探り出す。

勲は花丘駅西口商店街の近くのマンションに住んでおり、清生会病院には徒歩で通勤していること。勇斗は駅からバスで十五分ほどのところに住んでいるらしいが、ふたりの口ぶりからは同棲《どうせい》する計画があるようには見えなかった。

やめておけばいいのに、ついつい明久はふたりがつき合い始めたいきさつを尋ねてしまった。

「えーと……僕のほうが勲さんにひと目惚れして、飲みに誘ったんですよ」

照れくさそうに笑いながら、勇斗が屈託なく打ち明ける。

（……ひと目惚れか。確かに勲には、一部の男を引きつけるフェロモンが備わっているしな）

自分も、ほとんどひと目惚れだった。

といってもその容姿にではなく、頑《かたく》なようでいて無防備な、なんともアンバランスなところに惹かれたのだが……。

学生時代の勲は奥手で今より青々していて、フェロモンなどほとんど感じさせなかった。

自分が少しずつ勲の中の官能を引き出し、目覚めさせ、開花させたのだ。

またしても心をかき乱されそうになり、明久は冷酒を口に含んだ。芳醇《ほうじゅん》な香りを飲み下しながら、気持ちを落ち着けようと努力する。

「ふうん……勲はなかなかなびかなくて手強かっただろう」

「え？　ええ……まあ」

勇斗が少し困ったように、勲のほうを窺《うかが》う。

勲が気恥ずかしそうに俯き、明久は心臓がきりきりと痛むのを感じた。

——自分は勲をものにするまで二年近くかかった。なのにこの小僧は、軽く飲みに誘っただけで勲を手に入れたのだ——。

（俺は少し、自制しすぎなんだろうか）

にこにこしながらふたりの馴れ初《そ》めを聞いている自分が間抜けに思えてくる。少しくらい嫌みを言っても罰《ばち》は当たらないだろうが……自分の評価を下げるような真似《まね》もしたくない。

葛藤していると、ふいに誰かの携帯電話が鳴り始めた。

「あ、すみません。これ仕事の電話なんで出ないと」

ぺこりと頭を下げて、勇斗が立ち上がる。

少々呆気《あっけ》にとられて、明久は個室を出て行く勇斗の後ろ姿を見やった。

(俺はちゃんと電源切っているのに、いい度胸じゃないか)

日頃の明久はこの程度のことで目くじらを立てたりはしないのだが、勇斗に関してはつい厳しくなってしまう。

けれど、これはチャンスだ。個室にふたりきりという状況を利用しない手はない。

「覚えてるか？　俺のゼミ仲間とカラオケ行ったときのこと」

思わせぶりに切り出すと、勲が目をぱちくりさせた。

やがて白い頬が赤く染まり……勲もあのときのことを覚えているのだと知って、明久は体温がじわりと上昇するのを感じた。

勲とつき合い始めて間もない頃、ゼミ仲間に頼まれて合コンのような集まりを主催したことがある。明久が医学部の勲と仲がいいことを知った女子学生が、医学部の学生を紹介してくれと言ってきたのだ。

明久と勲、それに女子学生と男子学生がふたりずつの計六人で軽く飲み、そのあとカラオケボックスに移動した。

三十分ほど経った頃、女子ふたりが化粧室に立ち、男子のひとりが煙草を吸いに外へ出た。そして今と同じように、もうひとりの男子もバイト先からの電話に席を外し……。

ふたりきりになったとたん、ふいに明久の中に勲を困らせたいという悪戯心が芽生え、隣の席に移動して素早くキスをした。案の定勲は驚いて、『見つかったら困るだろう』と明久の胸を押し返したが、そのことが単なる悪戯心を欲情に変えてしまった。

戻ってきた女子に『うまくいってるみたいだし、俺たちはもう帰ってもいいよな』と言って中座し、近くのラブホテルへなだれ込み……。

「……勇斗の前で余計なこと言うなよ」

そっぽを向いて、勲がぼそりと呟く。

初めて勲の口から飛び出した呼び捨ての「勇斗」に、甘い思い出がかき消されてゆく。

幸せそうなカップルに水を差したくなり、明久は唇を歪めてこれまで抑えてきた感情を吐き出した。

「おまえ、言ってたよな。つき合う相手は生涯のパートナーになるような人を選びたいって。斉藤くんは、おまえと一生をともにする覚悟はできてるのか？」

「……っ」

勲の表情に、動揺が走る。

とっさに言い返そうとしたらしい言葉を飲み込んで、勲は慎重な態度で口を開いた。

「……それは、きみには関係ない話だ」

「そうかな。俺としては、そこのところはぜひ聞いておきたいんだけど」

「きみにはもう関係のない話だろう」

語気を強めて、勲がくり返す。

「おまえはそう思ってるのかもしれないけど、俺はちゃんと確認しておきたい。斉藤くんに、おまえを幸せにする覚悟があるのかどうか」

「自分にはなかったから、か？　余計なお世話だ」

テーブルを挟んで、勲が明久を睨みつける。

負けずに睨み返し、明久はこの際すべてをぶちまけることにした。

「ああ、余計なお世話だよな。わかった。斉藤くんに覚悟があるかどうかはどうでもいい。どっちにしても、俺はおまえを諦めるつもりはないから」

「はあ？　何言ってるんだ。きみはその覚悟がなかったから僕を捨てたんだろう！」

「それは昔の話だ！　今は違う！」

――緊迫した空気の中、個室の扉がゆっくりと開く。

言い争う声が聞こえていたのだろう。スマホを手にした勇斗が、気まずそうな表情で明久と勲を交互に見やった。

「すみません、電話長引いちゃって……」

「……いや」

勲が、苦々しげな表情で視線をそらしながら姿勢を正す。

「ちょっと、昔の思い出話で盛り上がってね」

対照的に、明久は顎を反らすようにして勇斗に視線を向け、尊大な態度で椅子にもたれた。大人げないとは思うが、勲の言うところの〝余計なこと〟を言ってやらないと気持ちが収まりそうになかった。

きっと勇斗は嫌な思いをしているだろうが、それももうどうでもいい。

（いずれこの男は、もっと嫌な思いをすることになる。元彼に、勲を奪われるんだからな）

血走った目で、向かいの席の勲を舐《な》めるように見つめる。

ウェイトレスが皿を下げに来て、入れ替わりにデザートのシャーベットが運ばれてきた。三人とも無言で、ガラスの器とスプーンが触れ合う音が響くばかりだった。先ほどまでどうにか保たれていた穏便な空気は、今やすっかり凍りついている。

（上等だ。これでこそ、元彼と今彼の対面の場にふさわしい温度だろうよ）

すっかり開き直って、明久はわざとゆっくり時間をかけてシャーベットを平らげた。

◇◇◇

「あの……あれでよかったですか？」

――花丘グランドホテルからの帰り道。気遣わしげに尋ねる勇斗を見やり、勲は力なく頷いた。

「……ああ。きみはよくやってくれたよ」

「僕が席外してたとき、ちょっと険悪な雰囲気になってたみたいですけど」

「仕方ないさ。円満に別れたわけじゃなくて、いろいろあったから」

心配している勇斗を安心させるように、口元に笑みを浮かべてみせる。

実際勇斗は、打ち合わせ通りによくやってくれたと思う。明久とは正反対の、素朴な年下の彼氏という役割をきちんと演じてくれた。

実を言うと、偽の彼氏だと見抜かれるのではないかと内心冷や冷やしていた。けれど明久は疑う様子もなく、本来の目的は充分に果たすことができたと言えるだろう。

予想外だったのは、明久が勇斗の本気度を疑ったことだ――。

西口商店街の青果店の角を曲がり、マンションを目指す。

勇斗とは駅で別れるつもりだったのだが、こういう依頼の場合、相手が疑ってあとをつけてくる場合もあるらしい。用心のため、依頼者の自宅まで送り届けるところまでが業務内容に含まれているのだという。

「誰かに自宅まで送ってもらうなんて、花丘に来て初めてだよ」

「まあ、普通はそうですよね」

隣を歩く勇斗と言葉を交わしながら、勲はどんよりと雲に覆われた夜空を見上げた。

小さな児童公園の前を通り過ぎ、湿った土の匂いに記憶を呼び覚まされる。

学生時代の明久は、いつもこんなふうにアパートまで送ってくれたものだ。恋人になってからはそのまま泊まっていくこともあったのでわかるが、つき合う前も、なぜかいつも送ってくれていた。

『夜道をひとりで歩かせるの、心配だから』

勲が辞退するたびに、明久はそう言って笑った。

『そんなこと言ったら、きみはどうなんだ？　ひとりで駅まで戻るんだろう？』

『俺は平気。勲は、なんか危なっかしいからさ』

『別によそ見しながら歩いてるわけじゃないぞ』

『わかってるって。俺がそうしたいだけだから気にするな』

当時は、明久の目には自分は世間知らずの田舎者《いなかもの》で、よほど注意力散漫に映っているのだろうと思っていた。あとになって、あれは明久なりの好意のアピールだったのだと気づいた。

（ああいうとこ、まめなんだよな……）

最初は甲斐甲斐《かいがい》しく世話を焼かれることに抵抗があったが、つき合い始めた頃にはすっかり慣れてしまった。

そのせいで、別れたあと大きな喪失感に苛まれることになったのだが……。

「あそこだ。あの白い建物」

物思いを断ち切り、住宅街の一角に建つ三階建てのマンションを指さす。

マンションの前まで来ると、勇斗が振り返って背後に誰もいないことを確認した。

「それじゃ、僕はここで失礼します」

「ああ、今日はほんとにどうもありがとう」

「こちらこそ、どうもありがとうございました」

爽《さわ》やかな笑みを浮かべて、勇斗が最後まで恋人らしく手を振ってくれた。

勲も手を振り返し、勇斗の後ろ姿が見えなくなるまで見送る。

エントランスのオートロックを解除しようと指を伸ばし……一瞬勲は、物陰から明久が飛び出してくるのではないかと身構えた。

——送ってきてそのまま帰るなんて、冷たい彼氏だな。

——やっぱり彼氏だなんて嘘だったんだろう。

耳元で、明久の勝ち誇ったような声が囁きかける。

大きく肩で息をして、勲は幻聴を振り払った。
これではまるで、明久が勇斗を偽の彼氏だと見破ることを期待しているみたいだ。
第一明久が、そんなストーカーじみた真似をするわけがないのに……。
店の前で明久と別れて鎮まりかけていた気持ちが、再びざわめき始める。
急いでオートロックを解除して、勲は三階の自室まで階段を駆け上がった。

6

地方裁判所を出たところで、上着のポケットでスマートフォンが鳴り始めた。歩道の隅に立ち止まり、足元にブリーフケースを置いてスマホを取り出す。

電話は依頼人のひとり、離婚調停中の三十代の男性からだった。

「はい、難波《なんば》です」

努めて愛想《あいそ》よく名乗る。相手に見えないのをいいことに、顔は仏頂面《ぶっちょうづら》のままだ。

『もしもし？　あの、来週の調停のことなんですけど……』

またかと思いながら、明久は明るい声で「ええ、なんでしょう？」と促した。

『いろいろ考えたんですけど、やっぱり別れたくないんです……離婚を回避する方向で、もう一度打ち合わせさせてもらえないでしょうか……』

「ええと、ちょっと待ってください。スケジュールを確認します」

手帳を開きながら、きっぱり別れる決意をしたと言ったばかりなのにまた変更かよ、と心の中で呟《つぶや》く。

とにかく煮え切らない性格で、会うたびにころころ意見が変わる。その都度振りまわされる明久《あきひさ》も相手の女性も、まったくいい迷惑だ。

明後日《あさって》の午後に時間を取ることにして、泣き言が始まらないうちに明久はさっさと話を切り上げた。

(日程的にこれ以上の調整は無理だし、今度の打ち合わせでちょっときつめに言わないとだめだな)

依頼人である以上、なるべく希望に添った形で弁護したいと思う。しかしこちらが一生懸命考えて立てた計画を何度も変更せざるを得ないとなると、さすがにつき合いきれなくなってくる。

大きく深呼吸して、明久は気持ちを鎮めようと試みた。

――わかっている。この苛立《いらだ》ちの原因は、優柔不断な依頼人のせいだけではない。

普段の明久は、依頼人の態度に少々不満があっても仕事と割り切ってやり過ごすことができる。

気持ちがささくれ立っているのは、仕事ではなくプライベートな事情からだ。

脳裏《のうり》に、勇斗《ゆうと》の無邪気な笑顔が浮かぶ。あの青くさい体育会系男が勲《いさお》を抱いているのかと思うと、嫉妬でどうにかなってしまいそうだった。

いちばん悪いのは過去の自分だ。それはよくわかっている。

けれど明久は、いつまでも自己嫌悪に囚《とら》われているつもりはなかった。先週の花丘《はなおか》グランドホテルでの会食から、どうすれば勲を取り戻すことができるのか、ずっと考えていた。

考え抜いた末に、地道に誠意を示すしかないという結論にたどり着いた。

そのためには、まずは勲と顔を合わせる機会を増やさねばならない。

(食事にでも誘うかな)

腕時計を見やると、急いで事務所に戻らなくても夕方のミーティングまで充分時間がある。電話ではなく、直《じか》に顔を見て誘いたかった。会えるかどうかわからないが、居ても立ってもいられない気分になり、明久は路面電車の停留所へ向かった。


駅前で路面電車を降り、地下街への階段を下りる。花丘フラワータウンという名の地下街は、今日も大勢の人で賑《にぎ》わっていた。

花丘に初めて来たとき、明久は地下街が綺麗《きれい》でびっくりした。地下街と言えば薄暗くてごみごみした単なる連絡通路というイメージだったが、フラワータウンはショッピングモールのような作りになっており、通路が明るく広々としている。テナントの店も洒落《しゃれ》ていて、明久の持っていた地下街のイメージを見事にひっくり返してくれた。

ショウウィンドウを眺めながら、しばらく靴を買っていなかったことに気づく。フラワータウンの中にもお気に入りのブランドのシューズを扱う店があるので、帰りに覗《のぞ》いてみるのもいい。

『まったく、きみはいったい何足靴をため込んでいるんだ』

学生時代、初めて明久のアパートに来た勲が、そう言って呆《あき》れていたのを思い出す。玄関のシューズボックスに収まりきらなくて、部屋の隅に靴の箱を積み重ねていたのだ。

『あー……俺、靴はたくさんないとだめなんだ。服は少なくていいけど、靴は何足あっても足りない』

『イメルダ夫人みたいだな』

『は？　誰それ』

『フィリピンの元大統領夫人。贅沢三昧《ぜいたくざんまい》してて、クーデターで宮殿を追われたときに山ほど靴や宝石が出てきて国民の反感を買った人』

『ちょっと待ってくれよ。俺は宝石は持ってないし、贅沢三昧ってほどじゃないぞ』

海外ブランドの高価な靴も何足かあったので、内心少々焦りつつ、明久は反論した。

勲はくすくす笑い、『冗談だよ。きみはいつも綺麗な靴を履いていて、いかにも都会の人って感じがする』と甘く囁《ささや》いた。

いや、本人は甘く囁いたつもりなどないのだろうが……勲への想いを募らせていた明久にとって、こういう何気ない褒め言葉がどれほど嬉《うれ》しかったことか。

（……また思い出に浸ってしまった）

苦笑して、俯《うつむ》きがちになっていた視線を上げる。

ふと、向こうから仲睦《なかむつ》まじげに腕を絡ませて歩いてくるカップルが目に入った。

人目もはばからず、見つめ合っていちゃいちゃしているのが少々見苦しい。それにしても、ずいぶんとちぐはぐなカップルだ。男のほうは大学生くらい、女のほうはどう少なく見積もっても四十は過ぎている。

（まあ、世の中にはいろんな人がいるしな）

見ないようにして通り過ぎようとするが、ちょうどすれ違ったそのとき、男のにやにや顔が正面に向けられた。

思わず、喉《のど》の奥から奇妙な声が漏《も》れ出る。

――先週会ったばかりの男だ。それも、勲の恋人として。

腹の奥底から猛烈な怒りが湧いてきて、明久は勇斗を追いかけてその前に立ちはだかった。

「――これはどういうことだ」

冷ややかな声で問いかけ、勇斗を睨《にら》みつける。

あとから思えば、このときの自分はどうかしていた。公衆の面前でいきなり喧嘩《けんか》を売るなど、常に空気を読んで計算高い自分にはふさわしくない行いだ。勇斗の胸ぐらに摑《つか》みかからなかったのは、わずかに残っていた理性のおかげだろう。

勇斗は目をぱちくりさせ……浮気現場を押さえられたというのに、狼狽《ろうばい》や焦燥よりも困惑の色を浮かべていた。

「この人、誰？」

女性のほうが、怪訝《けげん》そうに勇斗に尋ねる。

「ああ、俺も聞きたいね。この人は誰だ。彼女か？」

勇斗のきりりとした一重まぶたの目を見据えながら、明久も詰問した。

「ええと……すみません、これには事情があって……」

「ああ、説明してもらおうじゃないか」

声を荒らげて詰め寄ると、背後から「どうかしましたか」と声をかけられた。振り返ると、制服を着た警備員が険しい表情で立っている。

「いや、なんでもありません。ちょっと誤解がありまして。ここじゃ通行の邪魔になりますし、場所移しましょう」

先ほどまで呆然《ぼうぜん》と突っ立っていた勇斗が、にわかにてきぱきと仕切り始める。

開き直った態度が気に入らなかったが、警備員に事情を聞かれるよりはましだ。仕方なく、通路の隅のひとけのない場所へ移動する。

「ねえ、もしかしてお仕事絡み？」

連れの女性が、心配そうに勇斗の腕に触れる。

「ええまあ……あの、すみません、僕の一存では話せないので、ちょっと電話かけていいですか」

言いながら、勇斗がスマホを取り出す。

「待った。俺はいいとは言ってない」

厳しい声で遮ると、勇斗は心底困ったように宙を見上げた。

「誤解です、ほんと……」

「私は別にいいのよ、事情を話しても」

「いやでも……」

「せっかくのデートを邪魔されるよりいいわ」

どうやら女性のほうが主導権を握っているらしい。明久のほうへ向き直って、彼女は穏やかな笑みを浮かべた。

「私たち、つき合ってるわけじゃありません。今日一日、彼にお願いしてデートしてもらってるの」

「勲は知ってるのか?」

彼女ではなく、勇斗に問いかける。

勇斗は口ごもり、彼女がため息と苦笑の混じり合ったような声を出した。

「ああもう、めんどくさいからぶっちゃけるわ。この人はレンタル彼氏よ。お金で雇って、彼氏のふりしてもらってるだけ」

「レンタル彼氏？」

「そうよ。そういうお仕事なの」

しばし黙り込み、明久は混乱した頭の中を整理した。

そういえば、新聞か何かで読んだ覚えがある。恋人のいない男性が、一時間いくらで貸し出されるレンタル彼女を連れて、初めてのデートに出かける話を……。

突然光が差して、すべてのピースがかちりとはまった。

「……ははあ、なるほど。勲はきみに、彼氏のふりを頼んだんだな」

「………」

勇斗は無言だったが、その目を見れば明らかだった。

心の中で、高らかにファンファーレが鳴り響く。

この男は、勲の恋人ではなかったのだ。

すっかり余裕を取り戻し、明久は極上の笑みを浮かべて勇斗の肩に手を置いた。

「斉藤《さいとう》くん、俺は物わかりのいい男だ。このことは勲には黙っておくよ。そのかわり、俺の依頼も引き受けて欲しいんだが」

「デートがあと三十分残ってるの。あなたがたのお話は、仕事が終わってからにしてもらえません？」

「もちろんです」

彼女に微笑《ほほえ》みかけてから、勇斗の肩をぐっと強く摑む。

「そこのカフェで待ってるから、仕事が終わったら必ず来てくれよな」

痛みに顔をしかめ、勇斗はしぶしぶといった様子で頷《うなず》いた――。

◇◇◇

午前中の診察を終えて院内の食堂で慌ただしく蕎麦《そば》をかき込み、午後は入院中の患者の診療に費やし、夕方売店の売れ残りのおにぎりを食べかけたところで救急外来の応援要請が入り……。

午後八時をまわったところで、ようやく勲は自分のデスクに戻ることができた。

凝《こ》り固まった肩を揉《も》みほぐし、眼鏡《めがね》を外して目頭を押さえる。

今日は久々に目のまわるような忙しさだった。

それでも、勤務医としてはごく平均的な仕事量だろう。あとはデスクの上の書類に目を通し、いくつかサインすれば帰宅できる。

ぐるぐると首をまわしてから、勲は眼鏡をかけ直した。

東京の大病院に勤務していたときに比べたら、ここは本当に快適な職場だ。優秀なスタッフが揃《そろ》っており、人手不足に悩まされることもない。残業の上限ラインも守られているし、有給休暇の消化率もかなり高い。

長時間勤務を強いられ、休みも満足に取れないような環境では、人は肉体だけでなく精神が疲弊してしまう。気持ちに余裕がなくなると人間関係もぎすぎすしたものになり、チームワークに支障を来《きた》す場合もある。疲労や不和はミスを誘発するばかりで、何ひとつメリットがない。

研修医時代に上司だった四十代の男性医師が過労で倒れるのを目《ま》の当たりにし、勲は将来のことも考えて、職場環境を最優先しようと決めた。

勲と同じ頃、やはり大都市の総合病院から転職してきた医師が、「こんなまっとうな生活を送れたのはいつ以来だろう」と感激していたのを思い出す。ここに来た当初はいかにも不健康そうな肥満体だったが、学生時代の趣味だったサイクリングを再開したとかで、今では見違えるようにすっきりとしている。

小児科長を務める年配の女性医師はアマチュア登山家としても知られており、「仕事以外に何か趣味を持ったほうが視野が広がり、仕事にもプラスになる」というのが持論で、部下にも余暇を楽しむように奨励している。

そういう環境なので、勲も久々にテニスを再開しようという気持ちになった。

しかし先日の会食で明久に言った通り、近隣のクラブやスクールはどこも満員で空席待ちだ。かわりにスポーツジムでスカッシュをすることにしたのだが、これがなかなか面白くてはまっている。

（そういえば、ここんとこずっと行ってなかったな）

今夜は無理だが、明日は休みだ。久しぶりにジムで汗を流すことを考えると、心も浮き立ってくる。

書類仕事が終わったら駅前の定食屋で夕飯を食べて、〈マーキュリー〉に顔を出そうと決める。ママに〈なんでも屋スターシップ〉を紹介してくれたお礼を言いたいし、明久のことで相談もしたい。

書類にサインをしていると、デスクの電話が鳴り出した。

この音は、外部から直通番号にかかってきたものだ。どうせ製薬会社の営業だろうと、やや素っ気なく「はい」と返事をする。

『もしもし、今牧《いままき》先生？』

「……っ」

魅惑的な声に耳をくすぐられ、びくりとする。

とっさに受話器を耳から離し……大きく息をついてから、勲は更に素っ気なく答えた。

「はい、どちらさま？」

くすくすと笑う声が聞こえてきて、明久がわざと『俺、俺』と軽い口調で告げる。

「何かご用でしょうか」

ため息をつきながら、ぶっきらぼうに言い放つ。

『また斉藤くんと三人で会いたいんだけど、都合はどうかと思って』

「………なんで？」

『なんでって、何が？』

からかうような口調に、かちんと来る。

これは明久が上機嫌のときの声音だ。何を浮かれているのか知らないが、こういう言葉遊びにつき合う気はない。

「なんでまた三人で会わなきゃならないんだよ」

くるりと椅子《いす》を回転させ、勲は声を潜めた。

『斉藤くんがおまえとの関係をどう考えてるか、じっくり聞きたいと思ってね』

「こないだも言ったように、きみには関係ないだろう」

『いいや、関係ある。俺はおまえにもう一度チャンスをくれって言ってるんだぞ。納得しなきゃ引き下がれない』

「………」

しばし無言で、勲は考えを巡らせた。

ここで断っても、明久はまた何か言ってくるに違いない。それなら勇斗に、将来のこともちゃんと考えていると言わせて引き下がるように仕向けたほうがいいのではないか……。

「……わかった。勇斗の都合を聞いてみる」

『了解。じゃあ連絡待ってる』

笑いを含んだ声が気に障《さわ》り、勲は少々乱暴に受話器をフックに戻した。

7

まったく、せっかくの日曜日だというのに気が重い。

ため息をついて、勲は力なく椅子の背にもたれかかった。

――数日前、明久から電話がかかってきて、再び勇斗と三人で会うことになった。

明久からの電話のあと、勲はすぐに勇斗に連絡を取って予定を確認し、日曜日のランチの約束を取りつけた。

気が乗らないが、仕方がない。夜はどうしても酒が入って長引いてしまうが、ランチならさっさと終わらせて解散することができる。

待ち合わせのカフェの窓ガラスに映った自分の姿に、勲は顔をしかめた。

なんだかやけにそわそわしているように見える。おまけに、いつもより小綺麗だ。

昨日仕事が終わってから理髪店に寄り、クリーニング店に預けっぱなしだったズボンを受け取りに行った。先日買った新しいシャツを下ろすことにして、面倒でしばらくほったらかしにしていた靴も丁寧に磨き……。

（……あいつは靴の汚れにうるさいから）

学生時代から明久はお洒落だったが、中でもこだわっていたのが靴だ。アパートのシューズボックスに収まりきらないほどの靴を持っており、いつもきちんと手入れしていた。

『おまえの靴、ついでに磨いといたぞ』

明久のアパートに泊まりに行くと、スニーカーでも革靴でも翌朝にはぴかぴかになっていた。洋服はともかく靴の汚れには無頓着だったので、見るに見かねて磨いてくれたのだろう。

そういえば、初めての誕生日プレゼントもテニスシューズだった。しかも明久と色違いのお揃いで……当時はまだつき合っていなかったので、単に履き心地のいいブランドを選んでくれたのだろうと思っていた。

『サイズ、どうだ？』

『ああ、ぴったりだ』

新品のテニスシューズに足を入れると、明久は勲の足元に跪《ひざまず》いて、踵《かかと》の隙間《すきま》に指を入れたりつま先が当たってないか押さえたり、丹念に調べてくれた。

靴屋の店員以外にそんなことをされたのは初めてで、勲は少々面食らってしまった。やっぱり靴マニアは念の入れ方が違うな……などと思っていたのだが、あのときのことを思い出すと、背筋がぞくぞくするような感覚に襲われる。

（僕はあまりにも経験不足だった。今ならあれが、明久なりのアピールだったんだってわかるけど……）

つき合ってから、あるいは別れてから、勲は自分がたくさんのサインを見逃していたことに気づいた。

ストレートに口にすることもできるのに、明久はちょっとした視線の使い方や仕草、まわりくどい言葉で好意を示すことを好んだ。勲のように奥手だからではなく、敢《あ》えてそういう駆け引きを楽しんでいたのだろう。あまりに鈍い勲を、からかって遊んでいるようなところもあった気がする。

いつだったか明久にも言われたことがあるが、自分はずいぶん長い間、そうと気づかず無防備なところを晒《さら》していたらしい。知らない間に寝顔を観察されていたような居心地の悪さはあったが、なぜか不愉快な気持ちにはならなかった。

明久以外の人にそんなことを言われたら、きっと嫌悪感を覚えていただろうが……。

——腕時計に目をやり、小さく息を吐く。

勇斗は直前まで別の仕事が入っているそうで、前もって打ち合わせは済ませてある。念のため待ち合わせ場所に早めに来ると言っていたが、約束の時間の五分前になっても現れないのが少々気がかりだ。

「ちょっと早かったかな」

スマホを取り出して勇斗からの着信がないか確認していると、ふいに頭上から明久の声が

降ってきた。

「え？　いや……そろそろ約束の時間だ」

「斉藤くんは？」

「まだ来てない。ちょっと用事があって、遅れるかも」

視線を泳がせながら、しどろもどろに答える。

今日の明久は、休日らしいラフな格好だった。生成《きなり》のサマーセーターにベージュのパンツ、白い革のドライビングシューズが憎らしいほど決まっている。

それに引き替え、自分は無難すぎるスタイルだ。今更ながらシャツとズボンの色が合っていないような気がするし、靴も学生のような黒いローファーときている。

（いや別に、引け目を感じる必要はない。明久とはもう会うこともないんだし）

……そうだろうか。

明久とよりを戻す気はないが、二度と会わないことを望んでいるわけではないような……。

「じゃあ先に注文しとく？」

向かいの席に座った明久が、ぞんざいな口調で言ってメニューを開く。

「ええ？　勇斗が来るまで待てよ」

「そうだな。一応、約束の時間までは待つか」

メニューをたたんで、明久がにっこりと微笑む。やけに上機嫌だが、いったい何を企んでいるのだろう。

しばし無言で、勇斗の到着を待つ。

明久の視線は痛いほど感じていたが、勲は敢えて目を合わせないよう、俯いて膝《ひざ》の上で両手を握り合わせながらやり過ごした。

「約束の時間だ」

「……電話してみるよ」

俯いたまま、テーブルの上のスマホを摑む。

すると向かいから大きな手が伸びてきて、勲の手からそっとスマホを奪い取った。

「いや、いい。時間が来たから種明かしするけど、斉藤くんは来ないよ」

「……？」

顔を上げると、正面から明久と目が合ってしまった。

思いがけず真剣な表情で凝視《ぎょうし》され、心臓がどくんと大きく脈打つ。

「こないだ駅前でばったり斉藤くんに会ったんだ。女性と手をつないでデート中だった」

「……っ」

今度は違う意味で心臓が飛び跳ねた。

（偽の彼氏だってばれた？　それとも、単に浮気現場を押さえたとかそういう話だろうか）

ここは迂闊《うかつ》に口を開かないほうがいい。唇《くちびる》を真一文字に引き締めて、明久の言葉の続きを待ち構える。

「もちろん俺は、どういうことかと問い質《ただ》したよ。斉藤くんは事情を話そうとしなかったが、女性のほうがあっさり口を割った。斉藤くんがレンタル彼氏だってね」

背中に冷や汗が噴き出すのがわかった。

固まったまま、勲はなんと言うべきか必死で考えを巡らせた。

「まったく、まんまと騙《だま》されるところだったよ。仕事柄人を見る目には自信があったんだけど、俺もまだまだだな」

勇斗はレンタル彼氏のバイトをしており、自分もそれは承知している——そう言い訳しようかと思ったが、どう言い繕《つくろ》ったところで明久には見破られてしまうだろう。

猛烈な徒労感に襲われて、勲はずるずると椅子の背にもたれかかった。

「俺に諦めさせるためにレンタル彼氏まで雇って、そこまでして遠ざけたいくらい、俺に腹を立ててるのか？」

「…………」

そうではない。確かに一時期は腹も立てていたが、また明久に夢中になって捨てられるのが怖いのだ。

しかしそんなことは口が裂けても言えない。

ここは無言を貫くことにして、気持ちを落ち着かせるように肩で息をする。

「ご注文はお決まりでしょうか？」

気まずい空気を打ち破ったのは、ウェイトレスの明るい声だった。

「俺はAランチ。勲は？」

「え？　ああ……僕も同じものを」

なんでもないやりとりだが、勲は既視感にくらくらと目眩《めまい》を感じた。

学生時代、レストランやカフェで何を注文するかなかなか決められなかった自分に対し、明久はメニューを見ると同時に即決するタイプだった。明久は苛立つでもなく気長に待ってくれていたが、ある日『おまえは散々悩んだ末に、いつも妙なチョイスで失敗してるよな。で、俺が選んだやつにすればよかったって顔してる』と言って笑い……以来勲は、明久と同じものを頼むようになった。

「Aランチがおふたつですね。お飲み物はどういたしましょう？」

「コーヒー」

言いながら、明久が「おまえは？」というように首を傾《かし》げてみせる。

軽く頷くと、明久は「ふたりともホットコーヒーで」とウェイトレスに告げた。

意外なことに、食事中明久は勇斗の話題をいっさい口にしなかった。

互いの仕事の話、花丘での生活のこと……最初は身構えていた勲も、問われるままに病院での出来事などをぽつぽつと話した。

そしてこれも意外なことに、久々の明久とふたりきりの時間は心地いいものだった。

もちろん、完全に警戒を解いたわけではない。恋人がいないとばれてしまった今、どうやって明久から逃げようかと考えを巡らせる。

明久はもう一度チャンスをくれと言うが、受け入れるつもりはない。

あんなふうに傷つき、悲しむのは二度とごめんだ——。

「このあと時間ある？」

食後のコーヒーを飲みながら、さりげなく明久が切り出した。

「…………」

用事があると言って帰るのがいちばんいい。

けれど、なぜか舌が固まったように動かなかった。

「花丘動物園に行ってみないか。ここからわりと近いんだ」

「動物園……？」

「ああ。なかなか評判がいいんだ。山の地形をうまく利用してて、うさぎやなんかの小動物と触れ合えるコーナーもあるって。一度行ってみたいと思いつつ、機会がなくてさ」

コーヒーカップを持ったまま、勲は明久の顔をまじまじと見つめた。

明久は覚えているのだろうか……つき合い始めて最初のデートが動物園だったことを。

(明久にとってデートなんて日常茶飯事だろうから、もう忘れてるかもしれないけど)

特別な意味などない。というか、特別な意味を期待してはいけない。

「よし、決まり」

「え、ちょっと、僕はまだ……」

「断るのか？　俺に嘘ついて意地悪したくせに？」

明久が、わざとらしく目を見開いてみせる。意地悪などと言われるのは心外で、勲はついむきになってしまった。

「あれは意地悪とかそういうんじゃなくて……っ」

「俺に嘘ついたのは事実だろう」

「それは……悪かったと思ってる」

口にしてから、謝る必要などないのではないかと思う。

明久は学生時代に自分を捨てた男だ。そういう男に再び口説《くど》かれたりしたら、何か理由をつけて断るのが当然だろう。確かに彼氏がいるというのは真実ではなかったが、嘘も方便と言うではないか。

「……今の取り消し。僕は謝らないよ」

このままでは明久のペースに乗せられてしまう。主導権を取り戻そうと、勲は背筋を伸ばしてきっぱりと言い放った。

しかし明久は怯《ひる》むことなく、にやにやしながら勲の顔を覗き込む。

「いいのかな。俺が〈なんでも屋スターシップ〉に電話して、斉藤くんの任務の失敗を報告しても。斉藤くんは信用がた落ちだろうね。顧客からの苦情は、今後の仕事に支障が出るかも」

思いがけないセリフに、うっと言葉を詰まらせる。

勇斗に迷惑をかけたくない。彼は一生懸命やってくれたし、ばれてしまったのは不可抗力だ。それに、紹介してくれたママにこの話が伝わってしまったら、申し訳なくて店に行きづらくなってしまう。

「…………汚いぞ」

「なんとでも。俺は目的のためには手段を選ばないんだ」

テーブルを挟んで、勲はしばし明久と睨《にら》み合った。

いや、睨んでいたのは勲だけで、明久はこの状況を楽しむように薄笑いを浮かべていた。

まったく、腹立たしい態度だ。けれど厄介なことに、明久のそんな悪戯《いたずら》っぽい表情はひどく魅力的で……。

大きくため息をつき、視線をそらす。

「……一緒に動物園に行ったら、勇斗に迷惑をかけないって約束するか？」

「ああ、約束するよ」

「それと、こういうのはこれきりにしてくれ」

「それは今日のデート次第かな」

言い返そうと口を開きかけるが、ここで口論しても埒《らち》があかない。それどころか、ますます明久のペースに乗せられるだけだ。

反論は諦めて、勲は冷めかけたコーヒーを飲み干した。

◇◇◇

花丘動物園は、その昔花丘藩の藩主だった沼田《ぬまた》家が創設した私立動物園だ。小高い丘陵にあり、起伏に富んだ地形を生かしたユニークな動物園として知られている。

「街からけっこう近いんだな」

入場ゲートを見上げながら、勲がぼそっと呟く。

「ああ、それにこんな住宅街の中にあるとは思わなかった」

その隣に立ち、明久もゲートを見上げた。

「そういえば同僚の先生がこの辺に住んでて、昼間は静かだけど夜になると鳥や動物の鳴き声がすごいって言ってた」

「へえ……夜行性の動物が騒ぐのかな」

言いながら、明久はちらりと勲の横顔を盗み見た。

（よかった。怒ってるわけじゃなさそうだ）

これが勲のいいところだ。気に入らないことがあれば怒るし文句も言うが、その場限りで根に持たない。車の中では憂鬱《ゆううつ》そうな顔をしていたが、気を取り直して動物園を楽しむことにしたのだろう。

（とりあえずデートに漕《こ》ぎ着けた。このまま一気に押して……いやいや、焦りは禁物だ）

細い腰《こし》に手をまわしたい衝動を堪《こら》えて、今日のところはあくまでも紳士的に振る舞おうと決意する。

チケット売り場には、大学生くらいのカップルと幼い子供を連れた夫婦が並んでいた。

その後ろに並び、順番を待つ。突然勲が大袈裟《おおげさ》な笑顔を作ったので何ごとかと思ったら、ベビーカーの幼児と目が合ったらしい。勲のおどけた表情に、幼児が手足をばたばたさせ、声を立てて笑う。

しかし明久がコメントする前に、勲はさっと表情をかき消してしまった。

そっぽを向いて知らん顔をするのが可愛《かわい》くて、ついからかいたくなってしまう。

（いやいや、調子に乗るな。そういうのはつき合ってからだ）

自分に言い聞かせていると、明久たちの番になった。

「大人《おとな》二枚」

言いながら、財布を出す。

「いいよ、自分の分は自分で買うから」

勲も慌てて財布を出そうとするが、明久はそれを手で制した。

「いや、俺が誘ったから。おまえ、ランチおごらせてくれなかったし」

「きみに借りを作りたくないいんだ」

「えー、前に一緒に動物園に行ったときは、初デートだから俺が出すって言ったら嬉しそうにしてたじゃん」

「あれは……っ！」

勲が真っ赤になって口をぱくぱくさせた。チケット売り場の若い女性が目を丸くして凝視していることに気づいたらしく、「じゃあお言葉に甘えて」と呟いてそそくさと入場ゲートのほうへ逃げていく。

（しまった、つい……）

調子に乗ってしまったことを反省しつつも、口元には抑えられない笑みが浮かんでいた。

まったく、勲は学生時代と全然変わっていない。一生懸命虚勢を張ってはいるが、相変わらず素直で無防備で……。

「大人二枚ですね」

チケット売り場の女性が、興味津々《しんしん》といった表情で明久を見上げる。

ビジネス用の作り笑顔を浮かべてチケットを受け取り、明久は勲のもとへと急いだ。

「……どういうつもりだ」

ゲートの前で不機嫌そうに佇《たたず》む勲の頬には、まだほんのりと赤みが残っていた。

「どうもこうも、本当のことを言っただけだ」

「人前であんなことを言うな」

「人前じゃなきゃいいのか？」

「揚げ足を取るな」

言い合いながら、係員にチケットを差し出して半券を受け取る。

「こういうのって、端《はた》から見たらいちゃついてるだけにしか見えないよな」

「そんなこと思ってるの、きみだけだ」

呆れたように言って、勲は園内の案内板に向かった。

先ほどの家族連れもいて、どこへ行こうかと相談している。ベビーカーの幼児は勲を覚えていたらしく、近づくと満面の笑みを浮かべて手足をばたつかせた。

「そういえばおまえ、昔から子供受けがよかったよな」

「……ああ。子供には好かれるんだ」

笑顔で幼児に手を振りながら、勲がぼそっと答える。

「おまえが子供好きだからだろうな。子供ってそういうの鋭いから」

家族連れがフラミンゴの展示場に向かい、案内板の前にふたりきりになる。

看板を見上げたまま、勲は何も言わなかった。

「小児科医になったって聞いたときはびっくりしたけど、そういや子供好きだったなって納得したよ」

「……実家の病院を継がないことになったからな。その点は好きな道を選べてよかったよ」

言ってから、勲が眩《まぶ》しげに目を細めて振り返る。

「きみも……大手商社に入って出世コースを驀進《ばくしん》するものだと思ってたから意外だった」

「会社員だと、上司にライフスタイルまで口出しされるからな。資格持ってれば独立できるし、俺がどういう人生を歩もうと誰にも文句を言われない」

「それって……」

言いかけて、勲が口を噤《つぐ》む。

「なんだよ、言いかけてやめるなよ」

「いや、なんでもない」

「当ててみせようか。上司に見合いを勧められたり、結婚しないのかってせっつかれたりしたのかって聞きたかったんだろう」

「……まあ、そういうこともあるだろうな」

これ以上、この話題を続けたくないのだろう。ぼそっと呟いて、勲は案内板にある順路に従ってキリンの展示場へ足を向けた。

「そうそう、大いにあるよ。大学出たばっかりの若造でも言われるんだから、こりゃ三十過ぎて独身だったりしたらめんどくさいだろうなーと。他人からあれこれ指図されるのってすげーうざい」

追いかけて、心底嫌そうに言ってみせる。

明久としては「もう他人にあれこれ言われない立場なので安心しておまえとつき合えるぞ」とアピールしたつもりだったが、勲は何も言わなかった。

会話が途切れ、ふたり肩を並べてなだらかな坂道を歩く。

日曜日なのでそれなりに賑わっているが、勲との初デートで訪れた東京の動物園ほど人が多くなくて快適だ。

（復縁を迫るようなアピールはやめて、俺と一緒にいると楽しいって思わせる方向で行こう）

勲の横顔を盗み見ながら、明久は自分に言い聞かせた。

◇◇◇

「おおっ、キリンの首が見えてきた。キリンなんて見るの、久しぶりだ」

隣を歩く明久が歓声を上げ、つられて勲も視線を上げる。

「まあ、普通は動物園にでも来ないと見れないからな」

「だよな。つまり、動物園に来るのはあれ以来ってことだ」

「……デートとかで来なかったのか？」

口にしたあと、しまったと後悔する。これではまるで、明久の女性遍歴を気にしているような言い方だ。

「動物園に行きたがるようなタイプとはつき合ってなかったから」

さらりと言って、明久がキリンの柵の前で立ち止まる。

反応を窺《うかが》うようにじっと顔を見つめられたので、勲は気づかないふりをしてキリンを眺めることにした。

キリンは二頭いた。広々としたスペースの片隅で、黙々と餌《えさ》を食べている。

（そういえば明久の歴代の彼女って、動物園や遊園地に行きたがるタイプじゃなかったな）

明久が学生時代につき合っていた女性たちを思い出し、勲は無意識に表情を曇らせた。

明久同様、都会的で大人びた女性ばかりだった。雑誌から抜け出してきたような洒落た服を着て……実際ファッション誌の読者モデルをしていた女性もいたし、のちにミス・キャンパスに選ばれた女性もいた。

あの頃の明久は、黙っていても女性が寄ってきたものだ。

そしてそれは、今も変わらないのだろう。先ほどのカフェでも動物園に来てからも、若い女性がちらちらと明久に視線を送っていることに、勲は気づいていた。

(変わらないどころか、あの頃よりもっともてるのかも。なんせ弁護士だし)

肩書きを抜きにしても、男らしい魅力が更に増していると思う。病院で再会したとき、思わず見とれてしまったほどに……。

「勲は?」

「……えっ?」

ふいに問いかけられて、一瞬返事が遅れてしまった。

柵にもたれかかり、明久がもう一度質問をくり返す。

「あれから、俺以外の誰かと動物園に来たことは?」

「……ないよ」

「ついでに聞くけど、俺と別れたあと、誰かとつき合った?」

「…………」

思いがけず真剣な表情で訊《き》かれて、勲は視線を左右にさまよわせた。

誰ともつき合っていない。けれど、そんなことを言ったら明久への未練を見破られてしまう。

「それはまあ……それなりに」

キリンの柵の前から離れ、ぼそっと呟く。顔を見られたら嘘がばれてしまいそうで、足早に隣のシマウマの展示場へ向かう。

「それなりって、何人？」

これでその話は終わりかと思ったが、明久が追いかけてきて追及する。

「………三人」

考えた末に、多めの人数を口にする。ひとりだけだとその人物についてあれこれ訊かれそうだし、四人以上だと多すぎる気がする。この数字が妥当なところではないだろうか。

「へえ……そうなんだ。みんな男？」

目をそらしながら、軽く頷く。

「やっぱり相手は同僚とか？」

「もう別れたんだし、別に誰だっていいだろう」

この話は終わりにしたくて、勲は振り返って明久を睨みつけた。

勲の剣幕に驚いたのか、明久が面食らったように目を瞬かせる。

「……そうだな」

言いながら浮かべた笑みは、少々ぎこちないものだった。

シマウマの柵の前で立ち止まり、勲は己《おのれ》の態度を反省した。

あんな不機嫌な言い方をしなくても、「その話はしたくないんだ」などと軽く流せばよかった。

半ば脅されるようにして連れてこられたが、せっかく来たのだから学生時代の思い出に浸りつつ、せめてこの時間だけは楽しく過ごしたい。

なのに、さっそく自分から険悪な空気にしてしまった——。

「見て見て！　シマウマさんがいる！」

後ろからやってきた小学生が、嬉しそうに歓声を上げる。ちらりと振り返ると、三年生くらいの女の子と一年生くらいの男の子のきょうだいだった。

「シマウマよりも早くライオンが見たい」

弟のほうが、そう言って唇を尖《とが》らせる。

母親らしき女性が「ライオンさんはあとでね」と言い聞かせながら、きょうだいの姿をデジタルカメラに収めていた。

「ここ、ライオンもいるんだ」

明久が少々意外そうに呟く。

「ああ、さっき案内板にも書いてあったぞ」

「へえ……こういう小規模な動物園にはいないのかと思ってた」

「小規模でもないだろう。実は僕も、こんなにたくさんの種類の動物がいるとは思ってなかったんだけど」

「ほんとにな。さすがにパンダはいないみたいけど」

シマウマの隣、ラクダの柵の前に移動しながら明久が言う。

いつのまにか険悪な空気は薄れており、勲はシマウマの前で記念撮影をしている家族連れに感謝した。

ラクダを見て、昼寝中でいっこうに起きる気配のないカピバラの前を通過し、少し離れた場所にあるライオンの展示場へ向かう。

「動物園というとパンダがいちばんの花形として扱われることが多いけど、僕は動物園のメインはやっぱりライオンだと思う」

歩きながら、勲は先ほどの明久のセリフに対する意見を述べた。

「さっきのおちびさんと気が合いそうだな」

「ああ。僕も子供の頃、ライオンやトラが好きだった。猫科の猛獣のかっこよさは、イタリア製の高級なスポーツカーみたいなものだと思うんだ。普段は消防車やダンプカーなんかの実用的で無骨な感じが好きで、スポーツカーみたいなちゃらちゃらしたのには無関心だったんだけど、いざ目の前に現れたら問答無用で目を奪われるっていうか」

「……おまえのその妙な喩《たと》え方、懐かしいよ」

そう言って、明久が喉の奥でくくっと笑う。

その笑い方のほうこそ懐かしくて、勲は胸の奥が締めつけられるような感覚に囚われた。

学生のときから、明久の話し方や笑い方、仕草は同世代の男たちよりもはるかに洗練されていて優雅だった。若者らしからぬ落ち着きがあり、育ちのよさを感じさせる気品もあって……最初は自分が田舎者だからそう感じるのかと思ったが、サークルの女子学生たちが密かに王子と呼んでいたので、誰の目にもそう映っていたのだろう。

坂道を上ってライオンの展示場までたどり着くと、他の動物よりも厳重な柵の向こうに黄金色の毛の塊が寝そべっているのが見えた。

立派なたてがみを持つ、牡《おす》のライオンだ。無防備な寝顔を見せているが、大きな前肢《まえあし》と筋肉はさすがに猛々《たけだけ》しい。

「高級スポーツカーはお休み中みたいだな」

「寝てる姿も存在感あると思わないか?」

「ああ、百獣の王っていうくらいだしな」

会話が聞こえたのか、ライオンは薄目を開けてこちらを見やった。

しかし警戒するに値しないと判断したのだろう。すぐに目を閉じ、いささかだらしないポーズで昼寝の続きを再開する。

「うーん……だけどやっぱり、動物園のライオンはいまいち迫力不足だな」

「仕方ないさ。ここでは野性は不要だし」

「トラも同じようなもんかな」

言いながら、明久がライオンの檻の前を離れる。

もう一度ライオンの姿を眺めてから、勲もあとに続いた。歩きながら、ふと思い出したことを口にする。

「初めてきみに会った頃、ライオンみたいだと思ってた」

「……え？　何それ、べた褒めしてる？」

驚いたように振り返った明久に、勲は苦笑を浮かべた。

「どうかな。都会的で華やかで、イタリア製の高級スポーツカーを擬人化したような男が本当にいるんだなあって思って……」

「大絶賛だな」

「他の男たちみたいに必死に努力しなくても向こうから女性が寄ってくるし、だから余裕たっぷりな感じで、それがまたもてる要因にもなって……」

明久の笑顔が、次第に怪訝そうな表情に変わっていく。

「思ったんだけど、きみはサバンナのライオンじゃなくて、動物園のライオンなんだよな。狩りをしなくていいから余裕たっぷりで、ガツガツしてないから女性に好かれる」

「……なんか一気に下げられた気がするんだけど」

「別に批判してるわけじゃないよ。感じたままを述べたまでだ」

その言葉に嘘はない。寝ているライオンを見て思い浮かんだことを、何気なく口にしただけだ。

特に見てもらう努力をしなくても、自然と人が集まってくる。そういうところも動物園の看板的存在であるライオンと印象が重なる。

「男としては、野性味がないって言われるのは結構ショックなんだけど」

「ええ？　きみがワイルドだと思われたがってるとは知らなかった」

「誰彼構わず野性的な男だと思われたがってるわけじゃないぞ。けど、本気の相手には動物園のライオンみたいだなんて思われたくない」

意外なほど強い口調で反論されて、勲は戸惑って目を瞬かせた。

「……気に障ったなら謝るよ」

「いや、謝らなくていい。確かにおまえの言う通り、俺は堕落したライオンだ……」

明久がいかにも意気消沈した様子でため息をつくので、勲は焦って言い加えた。

「いやほんと、批判したわけじゃないって。檻の中にいてもライオンはやっぱり百獣の王だし、さっきも言ったように動物園の花形だと思ってるから」

「おまえは男心をわかってない」

「そうかな？　まあ、ワイルドだと思われたい心理はよくわからないけど。都会的で洗練されてるって言われたほうが嬉しくないか？」

「勲は草食タイプだからな。だけど俺は肉食だし、そう見られたい」

なぜ絡まれるのかよくわからなくて、勲は少々面倒になってきた。

「この話、まだ続けるのか？」

眉間《みけん》に皺《しわ》を寄せて振り返ると、明久がふっと口元に笑みを浮かべた。

「いや、やめておこう。こういうのは口で言うより態度で示すべきだからな」

「……？」

よくわからなかったが、これ以上わけのわからない話を続けたくない。

曖昧《あいまい》に頷いて、勲はトラの檻を目指した――。

◇◇◇

園内を一周し、最後にフラミンゴの群れを眺めてから、明久は勲とともに動物園をあとにした。

動物園デートはおおむね成功だった。

園内を歩きながらいろいろ話もできたし、後半には初めてのデートの思い出話も飛び出したりして、和やかな雰囲気で終えることができた。

（いちばんの収穫は、勲が俺のことをどう思ってるのか知ることができたことだな）

といっても、好き嫌いの話ではない。

ライオンの檻の前でかわした会話は、明久のプライドをずたずたに切り裂いた。

勲が言ったように、本人には批判する気などまったくなかったのだろうが……無邪気な言葉だからこそ、真実を突いているとも言える。

（俺が動物園のライオン？　冗談じゃない……！）

好きな相手に檻の中で惰眠を貪《むさぼ》っている猛獣だと思われていたなんて、甚《はなは》だ心外だ。

学生時代はともかく、再会してからの自分は少々紳士的に振る舞いすぎていたのかもしれない。もちろんそれは、勲を振った負い目からの遠慮だったのだが……最初からもっと、別れたのは誤りだった、もう一度やり直そうとぐいぐい迫るべきだった。

「きみが爬虫類《はちゅうるい》苦手だったとは知らなかったよ」

明久とは対照的に、勲はご機嫌だ。助手席のドアを開けながら、無邪気な笑みを見せる。

実は明久は爬虫類全般が大の苦手なのだが、学生時代は格好つけたくて平気なふりをしていた。今回も目の焦点を合わせないようにする作戦で乗り切るつもりだったが、花丘動物園の爬虫類館は爬虫類嫌いにはかなりハードルの高い作りで……一歩中に入ったとたん本気で蕁麻疹《じんましん》が出そうになり、非常に不本意ながらリタイアを申し出た。

「そりゃまあ、誰にでも苦手な分野ってあるだろう」

運転席にどさりと座り、苦虫を噛《か》みつぶしたような顔で言い訳をする。

ライオンの一件のあとだったので、これ以上軟弱なところは見せたくなかったのだが、背に腹はかえられない。蕁麻疹姿を見られるよりはましという苦渋の決断だった。

「そうだね。でもなんか、ほっとしたよ。きみには苦手なものがないのかと思ってたから」

「…………」

そう思われたくて、必死だったのだ。

他にも勲に隠していたことがある。偏食家だと思われたくなくて、大嫌いだった椎茸《しいたけ》を勲の前では平気なふりをして飲み込んでいた。

(まあおかげで、椎茸食べられるようになったけどな)

エンジンをかけて、ゆっくりと車を発進させる。

先頭の車がもたついているせいで、出口には数台の車が連なっていた。

いらいらとハンドルを指で叩《たた》く。ひとりだったら悪態のひとつもついていただろうが、助手席に勲がいることを思い出し、慌ててハンドルを叩くのをやめる。

「あの車、駐車券が見当たらないみたいだね」

勲が、非難するでもなくのんびりと口にする。係員がやってきて、何やら運転席の男性と言葉をかわしていた。

「ああいううっかりした人ってどこにでもいるよね。何度言っても保険証忘れてきたりとか、必ず目を通してくださいって念を押して渡した重要書類を机の上にほったらかして紛失したりとか」

怒りではなく、諦めの口調だ。無機質とも取れる勲の淡々とした話し方に、ささくれ立っていた気持ちがやわらいでいく。

「……ああ、いるいる。依頼人にも毎回印鑑を忘れてくる人がいて、とうとう自宅まで判子《はんこ》もらいにいったことがある」

「社会に出てみてわかったけど、ちゃんとしてる人のほうが案外少ないね」

「ああ。サークルの部長なんか、可愛いもんだったよな」

「いやいや、あの人のうっかりぶりは相当なもんだったよ。あれは多分一生直らない」

勲の指摘に、苦笑する。

口調は淡々としているが、なかなかに辛辣《しんらつ》だ。そういえば勲は、いつもこんなふうにストレートな物言いをして周りから煙《けむ》たがられていたものだ。

ようやく先頭の車がゲートを通過し、車の列が動き始める。

「俺のことライオンみたいだって言ったけど、おまえはさっきのふれあいコーナーにいた羊みたいだ」

口元に笑みを浮かべて、ちらりと勲のほうを見やる。

「どういう意味？」

案の定、勲は怪訝そうな表情だ。

「見た目は可愛くて愛嬌《あいきょう》があるんだけど、いざ近寄ってみたらすごく素っ気なくて愛想がない」

ふれあいコーナーにいた数匹の羊は、なかなかに無愛想だった。餌やり体験の子供たちから野菜を奪い取り、さっさと尻《しり》を向けて食べることに集中し……その上、手を伸ばして触ろうとした子供を不機嫌そうに威嚇《いかく》までしていた。同じコーナーにいたうさぎなどは、びくびくしながらも仕方ないと諦め顔で子供たちに撫《な》でられていたのだが。

「……後半には同意だが、前半には同意しかねるな」

「え？　自覚ないの？　学生のときも、今牧くんは黙ってさえいたら素敵なのにって言われてただろう」

「看護師さんたちには冷たそうって言われてるぞ」

「氷の美貌《びぼう》に磨きがかかったってことか」

勲の頬《ほお》が、ぱっと赤らむのがわかった。分厚い氷の下の、明久だけが知っている顔だ。

（いや、俺だけじゃないか。俺の他にも三人……）

先ほど勲が口にした元彼の話が、今頃になってずしんと重くのしかかる。

もう別れたのだし、過去のことは気にするまい。頭ではそう思っていても、心はなかなかそうはいかなかった。

勇斗が偽の彼氏だとわかったとき、ひょっとしたら勲は自分と別れたあとずっとひとりだったのではと思ったのだが……。

「……羊は、ふれあいコーナーには向かない動物だと思う。僕は子供の頃、親戚《しんせき》の家で飼ってた羊に角で突かれたことがある」

そっぽを向いたまま、勲がさりげなく話題をそらす。

「ほんとに？　怪我しなかった？」

「怪我はしなかった。突かれたと言ってもゆっくりだったから。近づいてったらいきなり頭でこう、ぐいぐい押されて……多分これ以上近寄るなって警告だったんだろうな」

「へえ……羊を飼ってたってことは、牧場か何か？」

「そう。父の従弟《いとこ》が県北で酪農をやってるんだ。一時期羊も飼ってたんだけど、採算が取れなかったらしくて今はもういない」

「……親父《おやじ》さんも今は県北の診療所だっけ？」

「ああ。病院たたんだあとしばらく引きこもってて……そんなとき、その酪農やってる従弟が遊びに来ないかって声かけてくれてさ。牧場の仕事を手伝ったりしてるうちに、村の診療所の医者が高齢で引退したがってるけど後継者がいないのを知って……」

「なるほど。そういう縁があったんだな」

「母は最初反対したけどね。今じゃ、田舎の生活をそれなりに楽しんでるみたい。土なんか触ったことなかったのに、すっかりガーデニングにはまったりして」

「そうか……よかったな」

話しているうちに出口の順番がやってきた。駐車券を入れてゲートが開くのを待ち、車を発進させる。

「腹減ったな。ちょっと早いけど、どこかで夕飯にしよう」

「……いや、僕はもう……」

勲が断ろうとするのを、明久は急いで遮った。

「いいだろう、あと少しつき合ってくれよ」

そろそろ紳士の仮面を脱ぎ捨てるときだ。

元彼の話、そしてライオンの話のせいで、明久の中の本能が、己の野性を主張したがって暴れていた。

(動物園のライオンじゃないってことをを証明してやる……!)

諦めたように「わかったよ」とため息をつく勲を横目で見やり、明久は心の中で舌なめずりをした。

◇◇◇

動物園デートのあと、やや強引に明久に連れてこられたのは、駅から離れた場所にあるシティホテルだった。

数年前に皇族が泊まったという、花丘でいちばん格式の高いホテルだ。小高い丘の上にあり、竹林に囲まれて閑静な佇まいを見せている。

花丘城と鳥居川《とりいがわ》を望む見晴らしのいい最上階のレストランで食事をし……フレンチのコースはとても美味《おい》しかったが、男ふたりのディナーは周囲の客から浮いていて、少々居心地が悪かった。

（……明久はああいうの平気みたいだけど）

ロビーのソファに座り、ぼんやりと窓の外を見つめる。

外はすっかり暗く、ガラスにはロビーを行き交う人々の姿が映っていた。

学生時代も、明久は他人からどう見られるかということに関しては無頓着だった。むしろ勲のほうが、周囲の目を気にしていたほどだ。

（それにしても、ちょっとランチのつもりで出てきたのに、まさかホテルのディナーまでおごってもらうことになるとは）

もっと強く拒否することもできたはずだ。

けれど明久との時間が思いがけず心地よく、ついつい断りそびれてしまった。

これから自分たちはどうなるのだろう、と考える。

明久はやり直したいと言っているが、勲はまだ自分の気持ちがよくわからなかった。

（……いや、単純な話だ）

明久のことは、今でも好きだ。けれど、また裏切られるのが怖い。

こういう考え方は臆病《おくびょう》なのだろうか。

別れ際に「また会おう」と言われたら、素直に頷くべきか……。

先ほど口にしたワインのせいか、考えがまとまらなかった。とろんと潤んだ瞳で、明久はまだだろうかと辺りを見まわす。

『ちょっと、車で来てるんだから飲んだらだめだって』

ワインを頼もうとした明久をたしなめると、明久はこともなげに『うち、ここから近いんだ。車置いて、歩いて帰ってもいいし』と言い放った。

『ああ、だけど、おまえを送っていかないとな』

『僕のことはいいよ。タクシーで帰るから』

『なんだったら、ここに泊まってく？　明日の朝にはアルコールも抜けてる』

『……冗談だろう。明日は早出だから、僕はタクシーで帰る』

ディナーの席での会話を思い出し、ぐったりとソファにもたれ込む。

明久は車を一晩預かってもらえるようにフロントに頼みに行ったのだが、なかなか戻ってこない。

「お待たせ」

目を閉じてうとうとしかけたところで、ようやく明久の声が降ってくる。

「眠そうだな」

「いや、ちょっと目を休めてただけだ」

慌てて目を開き、がばっと体を起こす。眼鏡をかけ直しながら立ち上がり、勲は明久を見上げた。

「じゃあ僕はここで」

言いながら、表のタクシー乗り場を指さす。ちょうど黄色の小型車が停まっており、今なら待たずに乗れそうだ。

「ああ……おっと」

勲の前に立ちはだかっていた明久が、ふらりとよろめく。

とっさに腕を摑んで支えると、明久はふうっと長いため息を漏らした。

「大丈夫か？」

「いや……ちょっと大丈夫じゃないかも。結構来てる」

「飲み過ぎだって言っただろう。フルボディのワインは結構きついんだから」

意外にも、アルコールに関しては明久のほうが弱いのだ。そういえば、つき合う前にも晩酌のビールで酔いつぶれて勲のアパートに泊まっていったことが何度かあった。

「おまえの忠告通り、一杯でやめとくべきだったな」

「ひとりで帰れるか？」

掴んだ腕をそっと離すと、今度は明久の大きな手に腕を掴まれた。

「いや、実は部屋を取ったんだ。こんな状態で歩いて帰ったら、また転んで怪我しそうだし」

言いながら、人差し指で額を切る真似《まね》をする。額の傷はまだうっすらと痕が残っているが、これならじきに綺麗に治るだろう。

「そうだな。そのほうがいい」

「悪いんだけど、部屋まで送ってもらえる？　どっかで転びそうで怖い」

「いいよ。ディナーおごってもらったしな」

ふらついた足取りでエレベーターに向かう明久のあとに続き、勲はやれやれと苦笑を漏らした。

明久は、しっかりしているようで意外と抜けているところがある。

（学生時代はパーフェクトだと思ってたけど、実は爬虫類が苦手だったり）

初めてのデートのとき、順路通りに爬虫類館に入ったが、明久は何も言わずについてきた。あのとき、内心非常に怖い思いをしていたに違いない。初めてのデートで格好つけたかったのかもしれないが、勲としては本当のことを言って欲しかった。

「……あっ」

エレベーターに乗ってから、勲は急に思い出して声を上げた。

「どうした？」

エレベーターの壁にもたれかかり、明久が気怠《けだる》げにこちらを見やる。

一緒に乗っていた老夫婦が降りてふたりきりになってから、勲は明久に向き直った。

「もしかして、靴のコレクションにパイソンとかクロコダイルがなかったのって、爬虫類が苦手だったから？」

「その通り。財布とかベルトもだめ」

「そうだったんだ。よかった、もう少しでパイソンの財布をプレゼントするところだった」

「いつ？」

「きみの二十二歳の誕生日。すごくかっこいい財布を見つけたんだ。でもなんか、あの当時きみが持ってた服とか鞄に合わない気がして」

ファッションには疎かったが、あのときの違和感は正しかったのだと嬉しくなってくる。

「……あのときおまえがくれた革の室内履き、まだ持ってるよ」

じっと見つめられて、勲はうろたえて目をそらした。

「……そうなんだ」

明久と別れたとき、明久からの贈り物はすべて処分することにした。

けれど、どうしても踏ん切りがつかなくて……とりあえず箱に入れてクローゼットにしまい、いつか心の整理がついたら捨てるつもりだった。

結局それらは、今も寝室のクローゼットのいちばん奥にしまい込まれている。忘れていたわけではないが、引っ越しや掃除のたびにその箱のことは見て見ぬふりをしてきた。

それについて聞かれたらどうしようと考えているうちに、エレベーターが目的の階に到着する。

「ほら、大丈夫か？」

明久がなかなか動こうとしないので、勲は仕方なく腕を引っ張った。

「何号室？」

左右に伸びた廊下の手前で、明久に問いかける。

「１５０３……」

「こっちだ」

部屋はすぐに見つかった。明久からカードキーを受け取り、スキャンしてロックを解除する。ドアを手で押さえて中に入るよう促すと、明久はふらふらと室内に足を踏み入れた。

「じゃあ僕はここで」

ドアを閉めようとすると、ふいに腕を摑まれた。

ぎょっとすると同時に、強い力で室内に引っ張り込まれる。

「ちょ、ちょっと……っ」

抗議の声は、覆い被《かぶ》さってきた唇に遮られた。

背後でドアが閉まり、自動的に施錠される音が高らかに響く。

（ええ……っ、もしかしてキスされてる⁉）

ワインの香りのする口づけに、勲はくらくらと目眩を感じた。

――実に八年ぶりの感覚だ。

あれから誰ともつき合っていないどころか、キスすらかわしていない。久しぶりの官能に、急速に体温が上がってゆく。

しかも相手は明久だ。勲の人生で唯一の恋人だった男で、しかも内心密かに未練を持っている相手――。

「……やめろ！」

顔を背けて、勲は口づけから逃れた。厚い胸板を押して明久との間に距離を作り、息を喘《あえ》がせながら明久を睨みつける。

「部屋についてきたってことは、こうなるってわかってたんだろう？」

「まさか！　きみが酔っぱらって、足元がふらついてたから……っ」

「まったく、勲のそういうとこ、すごく心配だよ。悪い男に騙されそうで」

耳元でくすりと笑われ、うなじがぞわりと粟立《あわだ》つ。

先ほどまでの気怠げな態度はどこへやら、明久は声も表情もしっかりしていた。

「……酔っぱらったって、嘘だったのか？」

「俺はちょっとやそっとじゃ酔わないんだ」

「けど、学生時代にも何度も酔いつぶれて……」

「勲のアパートに泊まるための口実だって、気づかなかった?」

大きな手で背中を撫で下ろされて、勲はひっと声を上げた。

長らく生身の体と触れ合ってこなかったせいか、官能の高ぶりはあっというまに訪れた。

全身の血が沸騰し、シャツの下で日頃は柔らかな花びらのような場所がつんと硬く尖り始める。

「相変わらず感じやすいんだな」

「ひあ……っ」

シャツの上から乳首をまさぐられ、勲は驚いて不埒な手を振り払った。

しかし凝《しこ》った肉粒はじんじんと疼《うず》き、脚の間の敏感な場所へ甘い衝撃が走る。

「もう硬くなってる。ここも……それに、ここも」

大きな手は、性懲《しょうこ》りもなく胸に伸びてきた。

同時に脚の間に割って入った太腿《ふともも》が、勲の興奮を確かめるように押し当てられる。

「……っ!」

密着した明久のものも、はっきりと兆していた。

懐かしい質感だ。逞《たくま》しい男性器が布地の下で大きく盛り上がり、どくどくと力強く脈打っている。

これがどんなに恋しかったことか。

独り寝の夜、くり返し夢に現れては勲を苦しめ続け……。

「やめろ……！」

渾身の力で、勲は明久の体を突き飛ばした。

不意をつかれた明久がよろめき、二、三歩あとずさる。

その隙に、勲は急いでドアを開けて廊下に飛び出した。足音を忍ばせる余裕もなく、もつれる足でエレベーターホールへとひた走る。

「――勲！」

背後で明久の声がしたが、勲は振り返らなかった。

やってきたエレベーターに飛び乗って、一階のボタンを連打する。

エレベーターのドアが閉まってひとりきりになると、勲はその場にずるずるとしゃがみ込んだ――。

8

高速道路のインターチェンジから一般道へ下りると、明久はふうっとため息をついた。最初に目に入ったコンビニに車を停め、アイスコーヒーを買って一休みする。

――早朝に花丘を発ち、県北の葉庭郡《はにわぐん》葉庭町《はにわちょう》を目指して約三時間。カーナビによると、目的地まであと三十キロほどだ。冷たいコーヒーを一気に飲み干し、もう一杯買ってこようと車のシートから体を起こす。

（いやいや、カフェインの摂りすぎはよくないな）

家を出る前に二杯、高速道路のサービスエリアでも既に二杯飲んでいる。六杯目のコーヒーは諦めて、明久は慎重に駐車場から車を発進させた。

久々に高速に乗ったせいか、高揚感と緊張感で気が高ぶっている。

（……高速のせいじゃなくて、これから会いに行く人物のせいだろうな）

勲の話を頼りにインターネットで県北の牧場を検索すると、すぐに〈今牧ファーム〉のホームページがヒットした。親戚の名字《みょうじ》が今牧とは限らないが、確率は高い。しかもホームページには観光牧場をやっていたときの情報が残っており、羊の写真があったので、勲の父親が一時期身を寄せていた牧場というのはほぼ確実にここのことだろう。

牧場近辺の診療所を検索し、今牧稔《みのる》という名前も見つけた。学生時代にもらった名刺はとっくに捨ててしまったが、確かこの名前だった。

今日は土曜日、診療所は午前中だけ開いている。受付は正午までなので、診察が終わるのは多分一時頃だろう。

——先週の日曜日、明久は大失態をやらかしてしまった。

動物園デート、ホテルでのディナーまではいい雰囲気だったのだが、そのあとがまずかった。

（あのときの俺はどうかしてた。いつもの冷静な判断力を失って……）

己の野性を証明したくて、つい強引に迫ってしまった。

勲に動物園のライオンだと言われたことが相当ショックだったらしい。

他の誰かに言われても、気にもしなかっただろう。なるほど他人からはそう見えているのかと思うくらいで、翌日には忘れてしまう程度の些細《ささい》な話だ。

けれど、勲にだけは、檻の中でだらしなく寝そべっているライオンのようだと思われたくなかった。

本人も言っていたように、決して非難する意味で言ったのではないのだろうが……それでも明久は男性としての魅力を否定されたように感じ、深く深く傷ついた。

（学生時代も、がつがつしたところを見せないように気をつけてたのに）

クールで大人びた、洗練された男でありたいと思っていた。

女性の前では努力しなくてもクールな男でいられたが、勲に対してはなりふり構わず鼻息荒く襲いかかってしまいそうで、燃え盛る欲望をいつも必死で抑えていた。

涙ぐましい努力の成果を〝動物園のライオン〟と評されたのではたまらない。

ならば野性の牡の欲望を見せてやろうじゃないかと張り切った結果が、これだ。

酔っぱらったふりをして勲を部屋におびき寄せたが、実際少々酔っていたのだと思う。勲に逃げられたあと一気に酔いが醒《さ》め、自己嫌悪の苦い感情に押しつぶされそうになり、それを紛らわすために備え付けの冷蔵庫の中にあったウィスキーをがぶ飲みし……。

（ほんと、俺らしくもない）

勲以外の知人、たとえば雄大《ゆうだい》が明久のあの醜態を目にしたら、たいそう驚いたことだろう。

つい先日、恋に思い悩んで泥酔した雄大をうちに泊めてやったが、そのときも恋の達人として先輩面をしてみせたばかりだ。

……けれど、これが自分の本当の姿なのかもしれない。

勲の言動に一喜一憂し、勲にかっこいいと思われたくて必死で……。

「次の交差点、右折です」

カーナビの無機質な音声に、はっと我に返る。

前方に道路標識が見えてきて、明久は運転に集中しようとハンドルを握り直した。

◇◇◇

——土曜日の午後。

担当している入院患者の診療を終えて、勲は連絡事項を告げるためにナースステーションへ向かった。

看護師にいくつか指示を出し、看護師からの質問に答えながら、コーヒーメーカーをセットする。

熱いコーヒーを飲んで一息ついていると、隣の耳鼻咽喉科《じびいんこうか》の医師がやってきた。

「俺にも一杯お願い」

「柴田《しばた》先生、カフェイン控えてるって言ってませんでした？」

「いいのいいの、好きなもの我慢するほうが体に悪いだろう」

医者とは思えないセリフを口にして、柴田が豪快に笑う。

勲より五つほど年上の柴田は、エネルギッシュな体育会系だ。趣味は筋トレと合コン、これ見よがしに日焼けした肌《はだ》が少々胡散臭《うさんくさ》く、多分女性から見ても好き嫌いが分かれるタイプだろう。

本人はワイルドなつもりらしいが、残念ながら周囲の評価とは一致していない。些細なことで僻《ひが》んだり、細かいことをねちねちと根に持ったり、見た目ほど豪快ではないことは耳鼻科のみならず小児科の看護師たちも皆知っている。

（まあ肉食系には違いないんだろうけど、どう見てもライオンとかトラって感じじゃないよな……）

ちらりと柴田の横顔を見やり、そういえば山陽《さんよう》製薬の営業の梶原《かじわら》も似たタイプだと思い当たる。

一生懸命いい男を気取っているが、いかにもモテるためのマニュアルを実践してますというような言動が鼻につく。勲だけでなく看護師たちからも不評を買っており、しかし本人はまったく気づいていないらしい。

柴田も梶原も、見た目は決して悪くない。黙っていれば、ふたりともかなりいい線をいっているといえるだろう。けれど、過剰な男らしさアピールやマニュアル通りのわざとらしい演技がそれらを台無しにしている。

（明久みたいに自然体で余裕のあるタイプってなかなかいないよな……）

コーヒーを飲みながら、窓の外へ視線を向ける。

明久と別れてから、恋のチャンスがなかったわけではない。中には、つき合ってみてもいいかもと思える男性もいた。

けれど、結局交際には至らなかった。

当時は認めたくなかったが、常に恋人候補の男性を明久と比べていたと思う。

明久ほど、圧倒的に自分を魅了した男はいない。もちろん明久にも欠点はあったが、それすらも明久の魅力の一部でしかなかった。

明久と出会ってから、勲は何か抗《あらが》いがたい力で彼に引き寄せられていくのを日々感じていた。それが恋だと気づいたのは、一年以上経ってからのことだが……。

優雅で気品に溢《あふ》れ、それでいて男性的な逞しさもある。先日は動物園のライオンのようだなどと言ってしまったが、明久ならサバンナに行っても立派に狩りをやってのけそうだ。

「……っ」

ふいに、ホテルの部屋でキスされたときのことがよみがえる。

つき合っていたとき、明久は初心者の勲のペースに合わせて常に優しく紳士的だった。

あんなふうに強引に荒々しくキスされたのは初めてで……それがいったい何を意味するのかわからなくて怖かった。

(……明久が望んでいるのは、体の関係だけなんだろうか)

もう一度チャンスをくれと言ったが、明久は男同士の交際をどう考えているのだろう。

やり直したいとは思っているが、人生のパートナーになりたいとまでは思っていないのかもしれない。

明久は何度も「こんなに相性のいい体、初めてだ」と言っていた。その言葉の真偽は確かめようがないが、少なくともつき合っていた間は一度も浮気することなく貪欲に勲の体を求めてきた。

明久のことだから、恋人をセックスフレンド扱いすることはないだろう。けれど、将来の展望もなくただデートやセックスを楽しむだけの関係なら、いずれ同じ結末がやってくる。

「そうそう、今牧先生、来週の水曜日空いてる？」

柴田に問いかけられて、勲は我に返って振り向いた。

「水曜日ですか？　ちょっと、スケジュール見てみないと……」

曖昧に言葉を濁したのにはわけがある。案の定、柴田は小声で「合コンあるんだけど」と囁いた。

「すみません、僕は遠慮しておきます」

いつものように断ると、柴田はがっかりしたように眉尻《まゆじり》を下げた。

「えぇー……まいったな。今回男の人数足りないんだよ」

「そうだ、山陽製薬の梶原さんを誘ったらどうですか？　そういうの行きたがってますよ」

梶原は、つい最近小児科の若い看護師たちに合コンを持ちかけて断られたばかりだ。誘えばきっと喜んで出席するだろう。

「ああ、あいつか。そうだな、声かけてみるよ」

コーヒーを飲み干して、柴田がナースステーションをあとにする。

勲もデスクに戻ると、携帯電話にメッセージが入っていた。

(父さんから？　どうしたんだろう)

メッセージを再生すると、急用があるので折り返し連絡が欲しいという内容だった。

仕事中に電話がかかってきたのは初めてだ。母に何かあったのかもしれないと思い、急いで父の携帯に電話をかける。

「もしもし？　父さん？」

『ああ、勲か。悪いな、仕事中に……』

「いや、いいんだ。どうしたの？」

『急で悪いんだが、明日花丘に行く用事ができてな。昼飯でも一緒にどうかと思って』

「明日？　いいよ。母さんも一緒？」

『……いや、私だけだ』

いつになく歯切れの悪い口調が気になりつつ、勲は頷いた。

「了解。じゃあうちに来てよ。近所に美味しいお弁当屋さんがあるし、なんなら出前取ってもいいし」

『いや……ああ、うん、じゃあそうさせてもらおうか』

時間を決めて、電話を切る。

切ったあとで、そういえば父はいったいなんの用で花丘に出てくるのだろうという疑問が浮かび上がる。

葉庭町の診療所で働き始めて以来、父は滅多に町から出なくなった。買い物も近隣の店とネット通販で済ませているようだし、花丘には知り合いもいないはずだ。

「今牧先生、三〇五号室の患者さん、発作です！」

看護師に呼ばれて、勲ははっとして顔を上げた。

父の用事は、明日会ったときに聞けばいいことだ。急いで仕事モードに切り替えて、三〇五号室へと向かう。

少々引っかかっていた歯切れの悪い口調のことも、三〇五号室に到着する頃にはすっかり頭から吹き飛んでいた。

9

――日曜日の午前十一時。ドアを開けたとたん、勲の喉から奇妙な音が漏れ出た。

父の背後に、なぜか明久が立っている。

見間違いかと目を瞬かせたが、背後にいるのはやはり明久だった。日曜日だというのに、きちんとスーツを着てネクタイまでしている。

「なんできみがいるんだ⁉」

勲の問いに、明久は肩をすくめて視線をそらした。

「……すまんな。難波くんのことは、これから説明する」

ひどく疲れた表情の父が倒れ込むように玄関に入ってきたので、慌てて勲はあとずさって場所を空けた。

「説明って……父さんと明久って知り合いだったの？」

わけがわからなくて、勲は目を白黒させながらふたりを見比べた。ここに来たことがある父は、勝手知ったる様子で手を洗いに洗面所へ向かう。

「お邪魔します」

やけに他人行儀な声で言って、明久が勲の顔をちらりと見下ろす。

目が合って、勲は脈拍が速くなるのを感じた。

――明久とは、先週の日曜日以来だ。

強引なキスの感触がまざまざとよみがえり、かあっと頰が熱くなる。

「……い、いったいどういう……」

慌てて踵《きびす》を返し、口の中でぶつぶつ文句を言いながらキッチンへ向かう。

とりあえずコーヒーでも出そうとコーヒーメーカーをセットするが、動揺しているせいか指先が震えてなかなかうまくいかなかった。

「勲、お茶はいいからとりあえずここに来て座れ」

父に促され、しぶしぶとリビングに移動する。

さほど広くない上に仕事用のデスクを置いているので、ソファはコンパクトなふたりがけがひとつあるだけだ。

そのソファに、父と明久が並んで座っている。奇妙な夢を見ているような気分だった。

(父さんは……僕たちの関係を知ってるんだろうか)

学生時代、一緒に撮った写真を仲のいい親友として見せたことはある。

そのときは勘づかれていないと思うが……病院が閉院してしばらく経った頃、どさくさに紛れるようにゲイであることは打ち明けた。学生時代に父から見合い話を持ちかけられて断ったのだが、今後も自分にそういうことを期待しないで欲しいと釘《くぎ》をさすためだ。

勲の告白に、父はさほど驚かなかった。閉院のショックでそれどころではなかったのかもしれない。母はそれなりに取り乱していたが、しばらくすると諦めがついたらしく、今では母なりに理解を示してくれている。

ワークチェアを持ってきて、ソファの斜め向かいに置いて座る。明久の顔を直視できなくて、勲は父の顔に焦点を合わせた。

「昨日、難波くんがうちの診療所を訪ねてきたんだ」

「……ええ？」

どうして父の診療所の場所がわかったのか。その疑問を読み取ったように、明久が幾分ばつが悪そうに釈明した。

「こないだ言ってただろう、親戚がやってる県北の牧場の近くの診療所だって」

「ああ……」

ネットで検索すれば〈今牧ファーム〉のサイトはすぐに見つかる。それにしても、なぜ明久はわざわざ父を訪ねて行ったりしたのだろう。

「難波くんとは、学生時代にも一度会ってるんだ」

「学生時代って……ええ？　僕たちが大学のとき？」

「そうだ。おまえが四年生の……十一月の終わり頃」

その言葉に、どきりとする。

明久から別れを切り出されたのが、ちょうどその頃だ。まさかと思うが、父と明久が会ったことと関係あるのだろうか。

「怒らないで聞いて欲しい。……いや、怒って当然だな。けど、私の話を最後まで聞いてくれ」

そう前置きをして、父が大きく息を吐く。

「……例の資産家の令嬢との見合い話が持ち上がったとき、私は探偵を雇っておまえの交友関係を調べさせた。おまえはつき合っている人はいないと言っていたが、なんというか、親の勘で……私たちには言えない恋人がいるような気がしていたんだ。例えば年上の子持ちの女性とか、既婚者とか」

「…………」

ぱあっと顔が赤くなる。自分ではうまく隠しているつもりだったが、端から見たら丸わかりだったのだろうか。しかもそれを親に指摘されるとは、なんとも居心地の悪い気分だ。

「そして難波くんとのことを知った。実を言うと、ちょっとほっとしたんだ。相手が人妻とかじゃなくて。まあ、もちろん驚きもしたが」

俯いて、膝の上で両手を握り合わせる。口を開きかけるが、まずは最後まで話を聞こうと思い直す。

「難波くんに会いに行ったのは、おまえと別れて欲しいと言うためだ。……ああ、こんなこと言うと本当に悪者みたいだな。いや実際そうなんだが、あのときはおまえの縁談をまとめようと必死だった。病院の経営は傾いていたし、院内の雰囲気も最悪で、私もかなりまいってて……」

「親父さんだけが悪いわけじゃない」

明久が、硬い声で割って入る。

「……親父さんに会う少し前、おまえに人生のパートナーになる覚悟があるのかと訊かれて、俺は答えられなかった。正直言って、あの頃は将来のことなんて何も考えていなかった。俺と違っておまえは一緒にいて楽しいってだけじゃだめなんだって知って……社会人になってからのことや、もっと先のこともいろいろ考えた。で、当時の俺はおまえから逃げたんだ」

「…………うん。それはわかってる」

「おまえが俺のこと信用できないって気持ちもよくわかる。だけど、もうあの頃の俺とは違う。今度は覚悟ができてる。それを証明したくて、親父さんに息子《むすこ》さんをくださいとお願いしに行ったんだ」

「……ええ？」

明久の口から飛び出した言葉に、勲は目を白黒させた。

一気に体温が上昇し、背中に汗がにじむ。

「それで私も、いい機会だからけじめをつけようと思ってね。おまえに黙っていたのは、ずっと心苦しかったんだ。息子の恋愛を裏から手をまわして邪魔するなんて……いつかおまえが結婚したい相手を紹介してくれたら打ち明けるつもりだったんだが、いっこうにそういう気配はないし」

「そ、それは、仕事が忙しかったから」

ずっとひとりだったことを明久に知られたくなくて、慌てて言い訳をする。

「それにしても、何もふたり揃って来なくても……」

「親父さんが勲に会いに行くって言うから便乗させてもらったんだよ。じゃないと、おまえ会ってくれないだろう。電話にも出てくれないし」

「なんだ、おまえたち喧嘩中だったのか？」

父に問われて、赤くなって首を横に振る。

「いやちょっと、喧嘩ってほどじゃないけど……」

息子の反応に、父が微妙な表情で立ち上がった。

「話をして、すっきりしたよ。あのときのことは本当に悪かったと思ってる。けど、見合い云々《うんぬん》だけじゃなくて、親としておまえのことが心配だった。傷ついて欲しくないという気持ちもあったんだ。許してくれとは言わないが、あの頃の私の気持ちもいつかわかってもらえると嬉しい」

「父さん……そんな、怒ってないよ。そりゃ、びっくりはしたけど」

不思議と、腹は立っていなかった。

もっと若い頃に聞かされていたら、怒りを覚えたかもしれない。けれど勲もそれなりに経験を積んできたので、父の気持ちもわからなくはなかった。

「そういうことだ。今度はいっさい口出ししないから、難波くんとふたりでよく話し合いなさい」

「え、もう帰るの？」

「ああ、もう用は済んだ。というか、お邪魔だろう？」

父が、真面目《まじめ》な表情のままさらっと言ってのける。

真っ赤になって、勲はただ口をぱくぱくさせるしかなかった――。


「……なぜ言ってくれなかったんだ」

玄関で父を見送り、ふたりきりになると、勲は呟くように明久に問いかけた。

「親父さんに、別れて欲しいって言われたこと？」

頷くと、明久はソファの背にもたれて宙を見上げた。

「親父さんに、このことは勲には絶対言わないでくれって頼まれてたから。それに、さっきも言ったように、親父さんだけが理由じゃなかったし」

「…………そうか」

自分の知らないところで取引があったことは、正直面白くない。

けれど、それもこれもすべて終わったことだ。

「……コーヒー、飲むか？」

言いながら、小さなカウンターで仕切られたキッチンに入る。

「ああ、頼む」

コーヒーを淹《い》れている間、明久は無言だった。部屋の中をもの珍しそうに眺めていることに気づき、ちゃんと掃除をしておけばよかったと後悔する。

学生時代よりは整理整頓を心がけるようになったが、綺麗好きの明久から見たらこの部屋はまだまだ片付ける余地が大いにあるだろう。

対照的に、明久の部屋はいつ行っても綺麗に片づいていた。あの頃のように、今も一日おきに掃除機をかけているのだろうか。

「どうぞ」

ソファの前のローテーブルにマグカップを置く。

明久の隣に座る気にはなれなくて、勲はワークチェアを引き寄せて浅く腰掛けた。

「それで、返事は？　俺としてはまず親父さんに息子さんをくださいってお願いに行って、最大級の誠意を見せたつもりなんだけど」

「……言い方が偉そうだな」

眉間に皺を寄せて、コーヒーを一口飲む。

「だけど勲は、俺のそういうところが好きなんだろう？」

明久のセリフに口の中のコーヒーを噴き出しそうになり、慌てて勲は口元を押さえた。

「はあ⁉　いつ僕がそんなことを言った？」

「言わなくてもわかるさ。勲は案外俺様キャラに弱い」

「まさか！　威張った男は嫌いだ」

「威張ってるんじゃなくて、堂々としていると言って欲しいね」

「自信満々ってことだろう」

「いい意味でね。なあ、こっち来て座れよ」

「嫌だ」

明久のペースに飲み込まれそうになっているのを感じて、勲は頑《かたく》なに首を横に振った。

「こないだのキス、まだ怒ってるのか？」

「怒ってるよ。当たり前だろう。酔ったふりをして騙したり……」

「悪かったよ、本当に。ちょっと頭に血が上ってたんだ。勲に動物園のライオンだって言われたのがショックで」

「そんなこと気にしてたのか？」

「気にするよ。他の誰かに言われても聞き流せるけど、勲に言われたら聞き流せない」

思いがけず真剣な眼差《まなざ》しで見つめられ、勲はたじろいだ。

ふいに明久がソファから立ち上がり、大股《おおまた》で近づいてきた。急いで逃げようとするが、その前に腕を摑まれてしまう。

「……っ」

強い眼差しに射すくめられて、身動きができなかった。

先日のホテルのときほどではないが、明久にしてはやけに強引な態度だ。野性的なところを誇示したいのかもしれない。

「そんなにむきにならなくても、動物園にいようがサバンナにいようがライオンはライオンなんだからいいじゃないか」

「いや、よくない。あんなだらしなく寝そべってる動物と同じだと思われたくない」

「ええ？　いや、ドキュメンタリー番組で見たけど、サバンナにいるライオンだって日陰でだらしなく寝そべってたぞ」

「わかってないな。サバンナのライオンの昼寝はかっこいいけど、動物園のライオンはかっこよくないんだよ」

「きみが言ってることはわけがわからない。とにかく離せ！」

「嫌だ」

きつく抱き締められて、勲はひっと息を飲んだ。

その上不埒な手に尻をまさぐられ、口から悲鳴が漏れる。

「おい！　これじゃ痴漢と同じじゃないか！」

「痴漢に遭ってるのか？」

「違う！　そうじゃなくて、ああもう！　いったいどうしたんだよ！　僕はきみの紳士的なところが好きだったのに！」

思わず叫ぶと、尻を撫でまわしていた手がぴたりと止まった。

「……そうなのか？」

「今そう言ったじゃないか！」

「ええっ……俺のこと、ライオンみたいって思ってたんじゃないのか？」

「思ってたよ！　僕にとってライオンのイメージは、優雅で気品に溢れて堂々としている紳士なんだよ！」

「ワイルドさはいらないのか？」

「きみの言うワイルドがこういう痴漢みたいな真似を意味するのなら、不要だね」

「……わかった。じゃあ今のはなしだ。もう一回やり直していいか？」

ぱっと両手を挙げて、明久が先ほどまで尻を撫でまわしていた男とは思えないような真面目くさった表情で問いかける。

「は？　何をやり直すんだ？」

「もう一回、プロポーズのやり直し」

「……プロポーズ⁉」

驚いて聞き返すと、ふいに明久がその場に膝をついて勲の左手を両手で包み込んだ。

「もう一回俺にチャンスをくれないか。勲の人生のパートナーになりたいんだ」

じっと見上げられ、勲は言葉もなく立ち尽くした。

明久は、人生のパートナーになりたいと言った。

これこそが、自分の望んでいた言葉だ。

なのに、返事ができなかった。

明久の真意を探るように、その瞳を見つめ返す。

しかし、答えは見つからなかった。茶色がかった虹彩の瞳は人体の一器官であって、真実を映す鏡ではない。

医者をやっているせいか、明久の目が少々充血していることとか目の下にうっすらと隈があることのほうに気を取られてしまう。それでなくても自分は、他人の目から感情を読み取るなどという高度な技術は持ち合わせていないのだ。

「黙ってないで、何か言ってくれ」

明久が両手で包み込んだ手を揺さぶり、切羽詰まったような声を出す。

「……僕は……」

言いかけて、勲は自分の心が浮き立っているわけではないことに気づいた。

普通、好きな相手からのプロポーズは嬉しいものだろう。気持ちが高揚し、喜びの感情が溢れ出るはずだ。

けれど、今自分の心に溢れている感情は……。

(戸惑い？　困惑？)

その原因を探ると、不信感という言葉が浮かび上がってくる。

学生時代に別れを告げられたときの情景がありありとよみがえり、自分はあのときのことを忘れられないのだと実感する。

大きく息を吸って、勲はどう切り出すべきか考えた。

「…………正直に言う。僕はきみのその言葉を待っていた」

言い終わらないうちに、がばっと体を起こした明久が抱きついてきた。

キスされそうになり、慌てて厚い胸板を押し返す。

「待て！　まだ話の途中だ！」

「OKってことだろ？」

「違う！　最後まで聞け！」

勲の剣幕に、明久が怪訝そうな……そして少々落ち込んだ様子で、力なくソファに倒れ込んだ。

「これが学生時代だったら、一も二もなく頷いていたと思う。けど、今はすぐに答えを出せない。なぜなら……やっぱり学生時代に捨てられたことが尾を引いているから」

「…………」

明久が、無言で目を瞬かせる。

呆れているのか、それとも他の感情なのか、勲にはよくわからなかった。

「我ながらしつこい性格だと思うけど、あれは本当にショックだったんだ。別れを告げられたときは、お互い進む道が違うし、恋愛に対する考え方も違うしって納得しようとした。でも、頭では理解できても気持ちはどうにもコントロールできなくて……」

一気にまくし立てて、口を噤む。

——明久が大学を卒業し、就職して数ヶ月経った頃、勲の心は限界に達した。

一年近く心療内科にかかっていたことを、話すべきか黙っておくべきか。

あの頃のことは忘れたくて、ずっと封印してきた。両親にすら、失恋が原因だとは話していない。明久が原因だと知っていたら、父は今回の面会を断固拒否していただろう。

「言ってくれ。今ここで全部吐き出して欲しい」

勲の身に起こったことを察したのか、明久の手が伸びてきてそっと手首を掴む。

引き寄せられるままに、勲は明久の隣に力なく倒れ込んだ。

「……きみがいない生活は、思っていた以上に応えた。本音を言える相手はきみだけだったし、ふと気がつくと友達らしい友達もひとりもいなかったし」

「……そうだな。俺が独占欲丸出しでおまえを囲い込んでたからな」

肩を抱き寄せられて、勲は詰めていた息をゆっくりと吐き出した。

「とにかく、この世にひとりきりで取り残された気分になったんだ。今思えばほんと大袈裟で笑ってしまうんだが、あの頃の僕にとってはきみが世界の中心だったから」

「……ちょっと独占欲が過ぎたな」

明久が呻《うめ》くように言って、うなじに顔を埋《うず》めてくる。

くすぐったくて、勲は逃れようと身じろぎした。

「…………実習中に過呼吸で倒れたとき、限界が来たってわかった。誰かに相談しないとだめだって気づいたんだ。それで……病院に行った」

うなじに唇を寄せたまま、明久がくぐもった声で「ごめん」と呟く。

軽く頷いて、勲はそっと明久の腕を引き剝《は》がした。

体を起こして明久のほうへ向き直り、正面から目を見つめる。

「もう一度あんなことあったら、今度は多分耐えられない」

一呼吸置いてから、勲は続けた。

「本当はこういう脅しみたいなことは言いたくないんだ。男同士で人生のパートナーってだけで重い話だし。でも、言っておかないとフェアじゃない。僕はきみの重荷になりたくない。だから、今の話を聞いてどん引きしたり、心変わりする可能性があると思うなら、さっきのプロポーズを取り下げて欲しいんだ」

「俺は軽い気持ちでプロポーズしたわけじゃないぞ」

「わかってる。でも、僕の話は想像以上に重かっただろう。この重みに耐えられるか？」

「改めて過去の自分を殴《なぐ》りつけたい気分にはなったけど、重いとは思ってないよ」

そう言って、明久は穏やかな笑みを浮かべた。

「それどころか、ますます庇護欲かき立てられたんだけど。やっぱり俺がついてなきゃだめだなって」

「……っ」

くすぐるように頬を撫でられて、勲はびくりと首をすくめた。

笑みを浮かべていた明久が、ふと真顔になる。

「プロポーズを取り下げる気はないよ。おまえと別れてから、やっと気づいたんだ。おまえ以外に人生をともにしたいと思える相手はいないと。今その相手が目の前にいるのに、諦められるわけがない」

明久の言葉は、勲の心に深く染み込んできた。

その言葉が嘘ではないことはよくわかる。けれど勲は、まだ慎重な姿勢を崩さなかった。

「……わかった。じゃあ少し考えさせてくれ」

「……ええ？　ＯＫじゃないのか？」

「言っただろう、僕はしつこい性格だって。まだきみのことを百パーセント信用しているわけじゃない」

「えええー……」

明久が心底がっかりしたような声を発し、そのままソファの背もたれに倒れ込む。

「どうしたら信じてくれる？」

「そんなの、僕にだってわからないよ」

「じゃあ結婚は保留ってことで、つき合うのはＯＫ？」

再び明久ががばっと体を起こす。

「ＯＫじゃない。そういうのを含めて考えさせてくれって言ったんだ」

「まじかよ……」

学生のような口調で言って、明久は天井を仰《あお》ぎ見た。

「でもまあ、前進はしたよな？」

「……まあ、そうとも言えるかな」

「いやいや、これはかなりの前進だ。なあ、来週の金曜日の夜、空いてる？　うちの事務所が入ってるビルの店子《たなこ》で交流会みたいなのやってるんだけど、来ないか？」

「きみの職場の？　いや、遠慮しておくよ」

「じゃあテニスは？　その交流会……四つ葉《よつば》ビルヂングだから四つ葉会って名前なんだけど、有志でテニスサークルもやってるんだ」

「部外者はまずいんじゃないのか？」

「いや全然。みんな家族とか恋人とか連れてきてるし」

「……やっぱりそういうのは遠慮しとく。僕たちの関係があやふやなのに、きみの職場の人と会うとか無理だ」

「そうか……」

明久が、がっくりと肩を落とす。

素っ気なく断ってしまったが、職場の人たちの集まりに招待してくれたことは内心嬉しかった。

男同士だと、つき合っていても周囲に関係どころか存在まで隠される場合が多い。友達に紹介してもらえなかったり、職場に来るなと釘をさされたり……ゲイバーで、何度もそういう愚痴を聞かされた。

少なくとも、明久は自分の存在を隠す気はないらしい。

「なあ、腹減ってないか？　とりあえず昼飯食べに行かない？」

まだ明久との関係がどうなるのかわからないが、このまま別れるのは名残惜《なごりお》しい気がして、昼食に誘ってみる。

ちらりと勲のほうを見やり、明久が人の悪そうな笑みを浮かべた。

「人目をはばからずいちゃいちゃしたいから、出前がいいなあ」

「は？　何言ってるんだ。いちゃいちゃなんかしないぞ」

「じゃあ外に食べに行ってもいい。けど、今の俺はいちゃいちゃしたい気分に歯止めが利かないから、本能のままに行動して周囲の人が眉をひそめるような態度を取ってしまうかもしれない」

「……わかった。出前でいい。寿司《すし》？　ピザ？」

ため息をつきながら立ち上がろうとすると、明久の手が伸びてきた。

「うわ……っ」

腕を引き寄せられて、よろけて明久の膝の上に倒れ込む。

唇が迫ってくるのがわかったが、避けられなかった。

少し強引に……けれど先日のキスよりは優しく、唇を重ねられる。

勲の反応を窺うように、明久はしばらく唇をついばんでいた。熱い感触が体中を駆け巡り、むず痒《がゆ》いような感覚に襲われる。

やがて我慢できなくなり、勲は誘うようにわずかに唇を開いた。

そのサインを明久が見逃すはずもなく、舌を差し入れてくる。

熱い舌が絡んできて、勲は無意識に吐息を漏らした。

学生時代と同じように、甘くて優しく、そして官能的なキス。記憶に刻み込まれたこの感触を、どれほど切望していたか思い知らされる。

息苦しいような切なさがこみ上げてきて、思わず勲は明久の首に手をまわした——。

10

「難波さん、何かいいことあったんですか？」

給湯室で雄大に問いかけられて、明久は上機嫌で振り返った。

「わかる？」

「ええ、わかります。難波さんの鼻歌なんて初めて聞きましたから」

インスタントコーヒーをマグカップに入れながら、雄大がごく真面目な表情で告げる。

「はは、まあそうなんだ。おまえに続いて、俺にも春が来そうな感じ」

「例の、病院で再会した元彼女ですか？」

「そう。長年のわだかまりがとけて、あと一押しでうまくいきそうなんだ」

雄大には、まだ相手が男であることを話していない。

しかし雄大が片想いしていたデザイン事務所の社員も男であることが判明し、最近想いが実ってつき合い始めたところだ。勲と正式につき合うことになったら、雄大にはきちんと紹介しようと考えている。

「じゃあまだつき合ってるわけじゃないんですね」

立ったままコーヒーを飲みながら、雄大が呟く。

冷静な突っ込みに、明久はうっと言葉を詰まらせた。

「……まあそうなんだけど、でもほんと、あと一押しなんだよ」

——勲の父親に会いに行き、改めて真剣な交際を申し込んでから三週間。

何度かデートもしたし、先日は勲のマンションに押しかけていって、学生時代のように一緒に映画のＤＶＤを借りに行ったりもした。

なかなかいい雰囲気なのだが、勲はまだ心が揺れているらしく、明久との関係をどうするか決めかねている。

(キスはさせてくれるんだけど……その先はＮＧだし)

冷めかけたコーヒーを飲み干し、手こずることってあるんですね」

「恋の達人の難波さんでも、手こずることってあるんですね」

「……浮かれた気分に水を差してくれてありがとう」

雄大の指摘に苦笑しながら振り返る。

「いや、別に意地悪で言ったんじゃないですよ。難波さんて恋愛に関してはいつもクールで、悩むことなんか何もないのかと思ってたので、今回の件はちょっと意外で」

「本気で結婚を考えてる相手には、クールに構えてなんかいられないよ」

「えっ、結婚考えてるんですか⁉」

雄大が、驚いたように目を丸くする。

「ああ、もうプロポーズはした。返事待ちだ」

「ええええ……難波さんて独身主義だと思ってました。言い方悪いですけど、恋愛は後腐れなく楽しむタイプかと」

「自分でもそう思ってたよ」

「いやでも、よかったですね。結婚したい相手と出会えて。というか、再会ですよね」

「そう。運命を感じるだろう？　ふたりとも東京にいたのに、偶然この花丘で再会するなんてさ」

「そういうセリフは、俺じゃなくてその元彼女さんに言ってあげてください」

雄大のアドバイスに、明久は肩をすくめた。

「さんざん言ってるよ。だけどなんか、俺が言うと軽く聞こえるみたいでさ。言えば言うほど逆効果っていうか……」

「ああ、わかります。イケメンがかっこいいセリフを口にすると、どうしても嘘くさい感じになっちゃいますもんね」

非常に率直な雄大の意見に、明久は苦笑を通り越して渋面になった。

慌てて雄大が「いえあの、できすぎな感じでドラマみたいっていうか」とフォローする。

「渡辺《わたなべ》先生、お電話です」

守屋《もりや》に呼ばれて、雄大が「はい！」と返事をして足早にオフィスへ戻っていった。

（確かに、口であれこれ言えば言うほど薄っぺらくなっちゃうんだよな。ここは態度で誠意を見せないと……）

しかし、どうしていいのかわからなかった。

勲への求愛の言葉は、すべて本心だ。格好つけているつもりもないし、学生時代に比べると、必死なところも隠していない。

オフィスに戻ると、パーティションの向こうでパソコンに向かっていた雄大が遠慮がちに口を開いた。

「あの……難波さん」

「ん？」

「さっきのお話……茶化すようなこと言ってすみません」

雄大の言葉に、明久は笑みを浮かべた。雄大のこういうところは実に好感が持てる。

「いや、そんなこと思ってないよ。それにまあ、実際そうだしな。過去にいろいろあったから、信用されてないとこあるし」

「あの……俺なんかが難波さんに言うのはおこがましいですけど」

「遠慮せずに言ってくれ。ていうか、むしろおまえみたいな実直で遊び慣れてないタイプはこういうときどうするのか知りたい」

「……できることは全部したんですよね？」

「ああ。俺なりの誠心誠意を見せたつもりだ」

「じゃあ、あとは待つしかないと思います。向こうの気持ち次第……って言うと身も蓋《ふた》もないですけど」

「……そうだな。下手《へた》に押しまくるより、待ったほうがいいのかもな」

「難波さんは、むしろ堂々としてたほうがもてる気がするんですよ。合コンとかでも、ただそこにいるだけで一番人気ですし」

「なるほど」

そういえば、勲は俺様タイプに弱いのだった。

学生時代は人慣れしていないせいで無愛想でつんとしたところがあったが、明久が己の輝くばかりのオーラを見せつけると、うっとりと憧れの眼差しで見つめてきたものだ。

「サンキュ、参考になったよ」

「だといいんですけど。俺も、難波さんとその元彼女がうまくいくよう祈ってます」

大きな手をぱしんと合わせて、雄大が祈る格好をする。

後輩の気遣いに笑みを浮かべながら、明久は手元の資料をめくった。

◇◇◇

花丘駅に降り立つと、むっとした熱気が押し寄せてきた。

（いつのまにか日が長くなってたんだな）

夕方の六時をまわったところだが、外はまだ明るい。西日の強さに、勲は目を細めた。

今日は花丘から電車で一時間ほどのところにある大学での学会に出席してきた。出張扱いなので、このまま帰宅することになっている。

（まだ時間も早いし、ちょっと本屋にでも寄っていくか）

ホームから構内に入ると、今度はエアコンの冷たい風が吹きつけてくる。改札を出て、勲は駅ビルの中にある書店に向かった。

——衝撃的なプロポーズから三週間。

勲はまだ明久への返事を決めかねていた。

心は既に固まっている。明久のことが好きだし、彼と人生をともにしたいと思う。

けれど頭のほうが、なかなかゴーサインを出さないのだ。

（僕は臆病すぎるんだろうか）

何度もくり返し自問してきたが、答えは出なかった。臆病すぎる気もするし、慎重なくらいでちょうどいいとも思う。

（……明久に電話してみようかな）

もし時間が合えば、夕食を一緒に食べるのもいい。このところお互いに忙しくて、最後に顔を合わせたのは先週の日曜日だ。

明久が公営のテニスコートを予約してくれて、ドライブがてら県南のスポーツ公園まで出かけてきた。

久々の明久とのテニスは楽しかった。夕食のあと、家に来ないかと誘われたがそれは辞退し……帰宅してからほんの少し後悔した。

駅ビルのエレベーターホールで立ち止まり、明久の携帯にメールを打つ。

『今駅にいるんだけど、もし都合よければ夕飯一緒にどう？』

エレベーターに乗って五階に着いたところで、ちょうど返信が届いた。

『誘ってくれて嬉しいよ。これから一件打ち合わせがあるからすぐには無理だけど、八時頃には終わると思う』

『じゃあ終わったら電話して』

『了解。楽しみにしてる』

メールのやりとりを終えて、勲はスマホをポケットにしまった。

通りすがりのウィンドウに映った自分の顔がにやけていることに気づき、慌てて表情を引き締める。

書店の新刊コーナーでお気に入りの作家の新刊を買って、ついでに店内を見てまわる。

店内には、あちこちに趣向をこらした特設スペースが作られていた。書店員の一押し作家のコーナー、ドラマや映画の原作本のコーナー、花丘出身の漫画家をクローズアップしたコーナー……。

ふと、「恋に悩むあなたへ」という手書きのポップが目に入る。

日頃の勲はハウツー本の類《たぐい》には近寄らないのだが、なぜかそのポップに引き寄せられてしまった。

（……こういうのは女性向けが多いんだな）

自分磨き、もて術、ファッションやメイクの指南、表紙を眺めているだけで、世の女性たちの悩みが見えてくる。

隅のほうに、男性向けの恋愛ハウツー本も何冊か置かれていた。心理学者が書いたという本を手に取ってみるが、当然ながら内容は男女の交際についてで、あまり参考になりそうにない。

それでも目次の「臆病すぎるあなた、まずは一歩踏み出す勇気を！」という文言が気になり、勲はその本をレジに持っていった。

こういう本を買う男は店員にどう思われているのだろうと思いつつ、五千円札を出して釣りを受け取る。

書店を出ると、窓の外は薄暗くなっていた。

（いったん家に戻って、シャワーを浴びて着替えよう）

ちょうどやってきたエレベーターに乗って、一階のボタンを押す。

扉が閉まってひとりきりになると、勲は天井を見上げてため息をついた。

（なんかこのままだと、友達以上恋人未満みたいな関係で終わってしまいそう……）

どこかでけじめをつけなくてはならない。

こういう場合、世の中のカップルは、いつどこでどういうタイミングで復縁を決めるのだろう。

「――！」

ふいに、エレベーターが急停止する。

あまりの衝撃に、天井を見上げていた首に痛みが走ったほどだ。

（え？　なんだ？）

扉の上部、現在の階数を表すパネルを見ると、二階のボタンが黄色く点滅していた。なんらかのエラーを知らせるブザーの音が、断続的に鳴っている。

ということは、二階で緊急停止したということだろうか。エレベーターの箱が、まだ不安定にぐらぐらと揺れているのがなんとも不気味な感じだった。

（ひょっとして地震？）

急いで緊急情報が出ていないかスマホを確認するが、花丘で地震があったという情報はない。

もう一度一階のボタンを押すが、なんの反応もなかった。

どうやら故障らしい。厄介なことになってしまったと思いつつ、パネルの横に取りつけられた緊急コール用の受話器を手に取る。

『――はい、こちら丸菱《まるびし》エレベーター、緊急コールセンターです』

若い女性の機械的な声が、すぐに応答してくれた。

「すみません、今エレベーターの中にいるんですが、故障したみたいで動かないんです」

『大変申し訳ございません。ただいまお調べしますので少々お待ちください。……花丘市駅《えき》前町《まえちょう》一丁目、花丘ステーションビルで間違いありませんか？』

「多分……五階に二世堂《にせいどう》書店が入ってる駅ビルです」

『すぐに担当者が向かいます。ビルの管理者にも連絡しますので、少々お待ちください』

「はい、お願いします」

受話器をフックに戻そうとしたところで、ふいに足元がぐらりと揺れた。

「うわあっ！」

『どうしました？』

先ほどまで落ち着いていた女性の声が、勲の叫び声を聞いて緊張を漲《みなぎ》らせる。

「いやちょっと、がくんと来たんです。なんかすごい揺れてるんですけど……っ」

『上下に揺れてますか？』

「えっと、多分……いや、なんか下にがくんと落ちる感じです」

箱が五十センチほど下がった気がして、勲はさあっと青ざめた。

半年ほど前にテレビで見た洋画のシーンがよみがえる。

脇役の元刑事が、彼に恨みを持つマフィアに追いかけられてエレベーターに逃げ込むシーンがあったのだ。

マフィアはエレベーターを停止させ、無情にもワイヤーを切断する。支えを失ったエレベーターは、高層ビルの最上階からまっさかさまに落ちてゆく。

悲痛な叫び声、そして場面が暗転し、次のシーンは元刑事の葬儀の場面で……。

（いやいや、万が一落ちたとしても、ここは高層ビルじゃない）

しかしパネルを見ると、地下三階まである。

二階から地下三階まで、五階分落下したら、多分無傷ではいられないだろう。

『もしもし？　聞こえますか？　今管理者がいったん電源を切ります』

「なんかまた少し下がったんですけど……っ！」

『落ち着いてください、明かりが消えますが、非常用の照明に切り替えますので』

落ち着いていられるはずもない。

半ばパニックに陥りながら、勲はどうやって身を守るべきか箱の中を見まわした。

とりあえずしゃがんだほうがよさそうだ。受話器を放し、重心を傾けないよう、箱の中心にうずくまる。

明かりが消えて非常用の薄暗いライトが点灯し、箱はまた数十センチほどがくんと下がった。

頭の中に、今にも切れそうなワイヤーに吊《つる》された箱のイメージが浮かび上がる。

——もしかしたら、命を落としてしまうかもしれない。

そんな考えが頭をよぎり、慄然《りつぜん》とする。

医者をやっていると、死は常に身近な存在だ。長期間の闘病の末に亡くなる人もいれば、さっきまで健康そのものだった人が一瞬の事故で亡くなることもある。

今日ここで、人生が終わってしまうかもしれない。

そう考えたとき、目の前に浮かび上がったのは明久の笑顔だった。

なぜ自分は明久の求愛に躊躇《ちゅうちょ》していたのだろう。

彼こそが唯一の伴侶で、学生時代のことなどとっくに許しているのに——。

「うわあっ！」

エレベーターが、また更に落下した。しかも今度は、一気に二メートルくらい落ちた気がする。

（明久……！）

震える手で、勲はスマホを取り出した。

最後に明久に伝えたい。愛してる、そしてさようならと。

電話の呼び出し音、そして無機質な音声の、「電源を切っているか、電波の届かないところに……」というお決まりのメッセージ。

せめて留守番電話にメッセージを残せたら。

しかし次の瞬間、大きな音を立てて箱が落下し……勲は床に腹這《はらば》いになって、持っていたブリーフケースで頭をガードした。

◇◇◇

「それじゃ、お先に失礼します」

打ち合わせを終えた明久は、まだオフィスに残っていた三宅《みやけ》と平松《ひらまつ》に挨拶をして事務所をあとにした。

腕時計を見ると、八時五分。

今日は久々に勲に会える。しかも、勲のほうから誘ってくれた。

自然と口元が緩み、弾むような足取りで階段を駆け下りる。

四階と三階の間の踊り場でスマホの電源を入れると、勲からの着信履歴が一件あった。夕方のメールのやりとりから三十分後くらいの時刻だ。

（もしかしてキャンセル？）

嫌な予感がして、留守番電話のメッセージを再生する。

「……？」

留守電には、奇妙な雑音が入っていただけだった。電車がホームに入ってきたときのような……何か機械が軋《きし》んでいるような音だ。

ガシャーンという衝撃音で、メッセージはぷつっと途切れた。

（なんだ？　操作ミスか？）

不思議に思いつつ、勲に電話をかけてみる。

数秒後、吹き抜けになった階段の下のほうで、誰かの携帯電話が鳴り始めたのが聞こえた。

階段を下りてロビーに降り立ち、郵便受けの前に見覚えのあるほっそりとしたシルエットの男性が立っていることに気づく。

「勲？」

振り返ったのは、やはり勲だった。見知らぬ男に声をかけられたような、ひどく奇妙な表情で明久を見つめている。

「今ちょうど電話かけたところだ。びっくりしたな。わざわざ来てくれたなんて」

通話ボタンを切ってスマホをポケットにしまい、明久は笑顔を浮かべて勲に近づいた。

「俺に会うのが待ちきれなかったとか？」

ついつい軽口を叩いてしまうが、勲は表情を固めたまま微動だにしなかった。

「どうしたんだ？　なんかあったのか？」

黙りこくっている勲が心配になり、近づいて顔を覗き込む。

ふいに勲が抱きついてきて、明久は驚いてもう少しで声を上げそうになってしまった。

「勲……？」

「…………きみと結婚したい。今すぐ」

勲が、明久のワイシャツの襟元《えりもと》に顔を埋めるようにして呟く。

「えええ？　ど、どうした？」

「なんだ、今になって怖気《おじけ》づいたのか？」

勲が顔上げ、唇を尖らせる。

不満そうな顔がやけに可愛くて、明久はでれっと鼻の下を伸ばした。

「まさか。結婚してくれるのはすごく嬉しいよ。だけど、急にどういう風のふきまわし？」

酔ってるのかもしれないな……と思いつつ、華奢《きゃしゃ》な背中に手をまわす。抱き寄せると、勲は素直にしがみついてきた。

「……今日、いろいろあって気がついたんだ。時間を無駄にしたくない。もしもまた傷つくことがあったら、それはそのとき考えればいい。今は心のままに行動したい」

病院で何かつらいことがあったのかもしれない。そう考えて、明久は勲の背中を優しく撫で下ろした。

「万が一俺がおまえを傷つけるようなことがあったら、そのときは俺のこと殺していいよ。ま、そうならないって自信はあるけど」

「……そうだな。あのときもきみを殺しておけばよかったのかもな」

「けど、そうしなくて正解だったろ？」

勲の顎《あご》をすくい上げ、微笑みかける。

「……ああ」

頷いた勲の唇を、明久はそっと塞《ふさ》いだ。

舌を入れる段になってここが職場の入居するビルだということを思い出すが、誰かに見られたところで別に構わないと思えるくらい、幸せだった。

「今日いろいろあったっていう話、ゆっくり聞かせてくれる？」

名残惜しい気分で唇を離し、額をこつんと合わせながら囁く。

「ああ」

「じゃあなんかテイクアウトの夕飯買って、うちに行こうか。ふたりきりでゆっくり話せる

し」

「…………」

頬を染めて、勲がこくりと頷く。

しかも、手を握っても振り払われなかった。

あまりに思い通りに事が運ぶので、これは夢ではないかと疑ったほどだ。

エレベーターから降りてきた守屋が、「お疲れさまです」と言いながら明久と勲のつながれた手をちらりと見やる。

明日さっそく質問攻めに遭いそうだが、今はそんなことはどうでもよかった。

「ああ、お疲れさま」

勲の手をしっかり握りしめたまま、明久はにこやかに挨拶を返した。


「お邪魔します……」

玄関で、勲がやや緊張した口調で呟く。

「どうぞ。ちょっと散らかってるけど、おまえの家よりは片づいてる」

わざと軽口を叩くと、勲が苦笑を浮かべた。

――車の中で、勲はずっと無言だった。少し疲れているらしく、時折目を閉じてうとうとしていた。

ダイニングテーブルに、買ってきた弁当を並べる。

冷蔵庫から缶ビールを出して手渡すと、勲は「ありがとう」と言って受け取り、すぐにプルタブを開けた。

驚くほどの早さでごくごくと飲み干し、弁当の蓋を開ける。

空腹だったのか、勲は珍しくがつがつした様子で弁当を食べ始めた。

飢えた勲というのもなかなかに色っぽい。テーブルの向かいから恋人のそんな姿を愛《め》でつつ、明久も鼻息荒く弁当を平らげた。

「さて、じゃあ聞かせてくれる？　今日何があったのか」

「……ざっくり言うと、九死に一生を得たというところかな」

「えええ？」

意外な言葉に、明久は目を見開いた。

何かつらいことがあったのだろうと思っていたが、まさか勲が危険に晒されていたとは。

「どういうことだ？　大丈夫なのか？」

慌てて身を乗り出し、テーブル越しに勲の手を握る。

「君にメールしたあと、駅前の本屋に行ったんだ。いったん家に戻ろうと思ってエレベーターに乗ったら緊急停止して、しかも故障か何かで箱ががくんがくんておかしなふうに下がり始めて……」

「もしかして、エレベーターの中から俺に電話した？　なんか機械が軋むような音が入ってたけど」

「ああ。もうだめかと思って、最後に声が聞きたいと思ったんだ」

淡々とした口調だったが、勲の言葉に明久は息を飲んだ。

「……そんなに深刻な事態だったのか」

「うん……終わってみたらそうでもなかったんだけど、あのときは本当に死ぬかと思った。ちょっと前に見た映画で、ワイヤーを切られたエレベーターの箱が高層ビルのてっぺんから落下する大惨事のシーンがあって……実際二階から地下一階まで落下したし」

「大丈夫なのか？　怪我は？」

「幸い落下が小刻みだったし、床に伏せてたから鞭打《むちう》ちとかは大丈夫。一応勤務先の病院で診てもらったけど、なんともなかった」

勲が、ぽつぽつと状況を説明する。

その様子から、怪我はなかったものの相当ショックを受けている様子が窺えた。

「もう死ぬかもって思ったとき、きみのことが頭に浮かんだんだ」

「なあ……そう思ってくれるのはすごく嬉しいんだけど、おまえは今ちょっと混乱してるんだと思う。そういうときにプロポーズＯＫされて、俺としてはなんかおまえの混乱に乗じてるみたいで複雑なんだが……」

「何も複雑なことなんかない。命の危機に瀕《ひん》して、迷ってる暇なんかないってようやく気づいたんだ」

「本当にいいのか？　明日になったら気が変わったりとかしないよな？」

「しない。もう死ぬ間際に後悔したくない」

「わかった。じゃあ結婚成立ってことでいいんだな」

「ああ、望むところだ」

勲の真剣な表情に、明久はつい噴き出してしまった。

「そんな、決闘じゃないんだからさ」

「笑うなよ。僕は今、かなり切羽詰まってるんだ。その……もう隠してもしょうがないから正直に言うけど、今すぐきみとセックスしたい」

「えええ⁉」

またもや勲の口から爆弾発言が飛び出し、明久は椅子から転げ落ちそうになった。

「よく言うだろう、命の危険を感じると人間も動物的な本能が働いて、生殖の欲望が強くなるって。僕たちの場合は生殖関係ないけど、でもなんか、ものすごく、したいんだ」

「………」

立ち上がって、明久は勲の腕を引き寄せた。

抱き寄せると、勲が既に高ぶっていることに気づく。

「ほんとだ。すごいしたがってる」

「……きみはそうでもない？」

「まさか。再会してから俺がどれだけ我慢してたか、全然気づいてなかっただろう。こないだテニスに行ったとき、テニスウェアの勲にむらむらして大変だったし、勲のエッチなよがり声を思い出して眠れなくなったし」

ぐいと腰を抱き寄せて、牡の象徴を擦《こす》りつける。

勲の勃起《ぼっき》の感触に煽《あお》られて、そこは早くも兆し始めていた。

「あ……っ」

色っぽい声を上げて、勲が明久の胸にもたれかかってきた。互いのワイシャツの生地を通して、つんと尖った乳首の感触が伝わってくる。

「いい匂い。もしかしてシャワー浴びてきた？」

「……だって、エレベーターで腹這いになったんだぞ。全身冷や汗でびっしょりになったし」

「それだけじゃないんだろう？　俺とセックスしたくて、準備してきたわけだ」

「………」

少々意地悪な口調で囁くと、白い頬が上気するのがわかった。ぞくぞくした興奮がこみ上げ、じわりと体温が上昇する。

「あ、俺もシャワー浴びたほうがいい？　汗くさいかも」

立ち上《のぼ》った己の体臭に気づき、体を離そうとすると、勲がしがみついてきた。

「いい。それより早く……っ！」

言いながら、勲が胸に顔を埋めて大きく息を吸い込んだ。

まるで動物のように、勲が体の匂いを嗅《か》いで興奮している。そのことに気づいて、明久はくらくらと目眩を感じた。

「ベッドに行こう」

すっかり余裕をなくし、鼻息荒く勲を抱き上げる。

「自分で歩ける……っ」

「だめだ。新婚初夜くらいかっこつけさせてくれ」

横抱きに抱き上げて、寝室へ向かう。足でドアを蹴《け》り開けて、明久は勲の上に覆い被さるようにベッドに押し倒した。

「んん……っ」

キスも少々性急で乱暴になってしまった。舌を絡めながら、ワイシャツの上から薄い胸板をまさぐる。

小さな乳首は、挑発するように弾力のある肉粒を作って待ち構えていた。手のひらに当たる懐かしい感触に、夢中で愛撫《あいぶ》をくり返す。

「あ、明久……っ」

「どうした？　もうギブアップか？」

「服、汚れる……っ」

顔を真っ赤にして、勲が訴える。

「もういきそう？」

体を起こして、明久は笑みを浮かべながら尋ねた。

——学生時代、まったく性的な経験のなかった勲は快感にひどく弱くて、キスだけで下着を濡《ぬ》らして明久を驚かせた。

何度体を重ねても初《うぶ》なところがあり、経験豊富な女性ばかり相手にしてきた明久にとって、勲のそういうところが新鮮でもあり、また刺激的でもあり……。

「勲がパンツ濡らすところをまた見ることができるなんて感激だ」

「もう、ふざけるなよ……っ」

「ふざけてない。覚えてるだろう？　俺が勲のお漏らしにすごく興奮するってこと」

ズボンの上から、膨らみをなぞる。それもわざと焦《じ》らすように、人差し指だけでやんわりと。

「あ、や、あああ……っ」

びくびくと身悶《みもだ》えながら、勲が達するのが分かった。

「おっと、ズボンに染み込まないうちに脱いだほうがよさそうだな」

ベルトを外し、ゆっくりと愉しむようにファスナーを下げる。勲は観念したのか、抵抗せずに顔を覆っていた。

やがて露《あらわ》になった下着に、明久のにやけ顔が渋面に変わる。

勲が身につけていたのは、淡い水色のビキニタイプの下着だった。ぴったりとフィットした布地が白濁に濡れ、ピンク色のペニスがほんのりと透けて見えているのが壮絶に色っぽい。

「……ちょっと待ってくれ。こんなエロいパンツ穿《は》いてるとか反則だろう」

「……こういうの、嫌いか？」

「嫌いなわけない。だけど学生の頃は、俺がどんなに頼んでも穿いてくれなかったじゃないか」

いつも素朴な綿のボクサーブリーフで、それはそれで勲らしくて可愛かったのだが、セクシーな下着姿も見てみたいと思っていた。

「……もしかして、元彼の影響か？」

「え？」

「その……何人かいたんだろう」

嫉妬丸出しでみっともないが、訊かずにいられなかった。

明久の質問に目をぱちくりさせていた勲が、突然がばっと体を起こす。

「……あの言葉は訂正する。その……きみと別れたあと、つき合った人はいない」

「本当に？」

勲の告白に、明久は喜びがこみ上げてくるのを感じた。我ながら単純だが、勲が他の誰かに心を許していなかったことが嬉しい。

「じゃあセックスも八年ぶり？」

それならば入念に準備して痛い思いをさせないようにしなくてはならない。念のためにローションを買っておいてよかったと思いつつ、ナイトテーブルの引き出しを開ける。

「いや……これを言うときみに引かれそうだが、この際だから正直に言う」

おずおずと切り出されたセリフに、内心どきりとする。

つき合った人はいないが、セックスする相手はいたということだろうか。

「その……僕も大人の男で、それなりに性欲がある。きみにさんざん快楽を教え込まれたから尚更だ。だから、どうしても我慢できないときもあって……」

「いいよ。大人の男なら当然のことだ。過去に何があっても、俺は気にしない」

穏やかな口調で告げると、勲がほっとしたように緊張をとくのがわかった。

「……いくつかネットの通販で買ったんだ。あんまり大きいのは無理だったけど……」

「ちょっと待て。なんの話だ？」

「だから……ひとりエッチの話」

「えっ？　セフレがいたとかいう話じゃなく？」

「そんなのはいない。どうしても我慢できなくて、道具を使ったって話だ」

「道具って……ええええ⁉　バイブとかディルドとかそういうの⁉」

頬を染めて、勲がこくりと頷く。

「ちょっと待ってくれ……鼻血が出そうだ……」

天井を見上げて、明久は鼻の付け根を押さえた。

勲が、あんなに初で清純だった勲が、疼く体を淫具で慰めていたなどと聞いては興奮せずにいられない。

「だから、八年ぶりってわけじゃない。生身の相手は八年ぶりだけど」

そういうセリフがどれだけ男を煽るのか、勲はまったくわかっていないようだった。

まったく、素直すぎるのも考えものだ。他の男には絶対に知られないよう、これまで以上に細心の注意を払わなくては。

「わかった。今度そのお道具を見せてくれ。いいな？」

「ええ⁉　そんなの別に見せなくてもいいだろう……っ」

「いや、どれくらいの大きさのものをどれくらいの頻度で入れてたのか、じっくり聞かせてもらう。けど、とりあえず今はセックスに集中しよう」

「あ……っ」

少々乱暴な手つきで、勲の服を剝ぎ取っていく。

白くなめらかな肌は相変わらずだが、学生時代よりも筋肉がついた体は驚くほどなまめかしさを増していた。女性とは全然違う硬い手触りに、体の奥底に眠っていた獰猛《どうもう》な欲望が荒々しく目覚めていくのがわかる。

「すごく綺麗だ……」

感嘆のため息を漏らしながら濡れた下着を引きずり下ろすと、白濁に濡れたペニスがふるりと揺れた。

小ぶりながら、すんなりとした形のいい性器だ。ぴんと真っ直《ます》ぐに上を向くさまが、なんとも勲らしくて愛《いと》おしい。

「舐《な》めていいか？」

「……いちいち訊かなくていい」

「じゃあ遠慮なく」

懐かしいペニスにむしゃぶりつき、根元の玉を揉みしだく。

「……あ……っ」

思わずといった様子で、勲が声を漏らす。慌てて口を押さえているが、漏れ出た声にははっきりと艶《つや》めきが表れていた。

裏筋を舐めながら足を大きく広げさせ、昔よくやっていたように、舌先を蟻《あり》の門渡《とわた》りへと這わせていく。

やがてきつく閉じた蕾《つぼみ》にたどり着き……きゅっと窄《すぼ》まった皺を舌先でつつくと、勲の体がびくんと大きく震えた。

「そっ、そこは舐めなくていい。ちゃんとローション持ってきたから……っ」

「ローションなら俺も買っておいた。けど、まずは思う存分舐めさせろ」

「あああ……っ」

わざとくちゅくちゅと音を立てて、明久は勲の秘部を舐めまわした。舌を入れて、敏感な粘膜をくすぐるように刺激する。

勲はここにいやらしい道具を入れて自らを慰めていたのだ。

淫らな自慰姿を想像してしまい、興奮ではち切れそうだった。

「うう……っ」

獣のような唸《うな》り声を上げて、ワイシャツとズボンを脱ぎ捨てる。

紺色のボクサーブリーフの前は猛々しく盛り上がっており、ローライズのウエストから先端がはみ出していた。

「………っ」

明久の牡の象徴を目にして、勲が悩ましげな吐息を漏らす。

「これが欲しかったんだろう」

言いながら、見せつけるようにゆっくりと下着を下ろす。我ながらエロ親父のようなセリフだが、こんな色っぽい勲を前にしたらクールな大人の男性など気取っていられない。

下着を脱ぎ捨てて、明久は勲の腰を跨《また》いで膝立ちになった。

硬く屹立した性器が、ぶるんと大きく揺れる。

都会的で洗練された容貌には少々不似合いな、野性的で猛々しい男根だ。長く太い茎には血管が浮き、大きく傘を広げた亀頭は先走りでぬらぬらと光っている。

勲は何も言わなかったが、潤んだ瞳は欲情を湛《たた》えており、欲しがっているのは明らかだった。

「オナニーするとき、俺のこれを思い浮かべながらしてた?」

「仕方ないだろう! きみのしか知らないんだから……っ」

素直な告白に、思わず明久は呻き声を漏らした。慌ただしくローションの蓋を開け、ぬるついた液体をたっぷりと指ですくい取って勲の蕾に塗り込める。

「すごいな。中がひくひくして絡みついてくる」

「そういうこと、言わなくていいから……っ」

「無口なお道具と違って生身の男はおしゃべりなんだ」

「いつからきみは、そんな下品なことを言うようになったんだ……っ」

「勲とつき合い始めてからだよ。ま、あの頃は嫌われたくないから心の中で呟くにとどめてたんだけどね」

言いながら、指をじわじわと奥へ進める。

入り口は柔らかくほぐれて指を誘い込み、そのくせ媚肉は指をきゅうきゅうと食い締めてくる。学生時代よりも淫《みだ》らな反応に、明久は道具への嫉妬を覚えずにいられなかった。

「あ、あっ、もう、早く入れて……っ！」

勲が、切羽詰まった声で挿入をねだる。

「もう入ってるだろう？」

わざととぼけて、明久は指の腹で媚肉を擦った。

「そうじゃなくて、お、おちんちん、入れて……！」

勲の言葉に、わずかに残っていた理性が粉々に砕け散る。

言葉にならない唸り声を上げて、明久は張り出した亀頭をずぶりと蕾に突き入れた。

「あ、あっ、おっきいの、入ってくる……っ」

「ちょっと待て……っ、勲も昔はそんなエロいこと言わなかったぞ……っ」

「だって、あ、ああ……っ」

「ひとりエッチしながらそういうこと言ってたのか？　明久のおっきいのが欲しいとか」

「言ってな……っ、ひああっ、だめ、太すぎ……っ」

勲の言葉とは裏腹に、ローションで濡れた媚肉は悦《よろこ》んで明久を迎え入れようと蠕動《ぜんどう》している。極上の締めつけ具合に、明久は歯を食いしばって射精を耐えた。

「勲、俺も結構いっぱいいっぱいなんだ、あんまり煽らないでくれ」

「そんなこと言われたって、ああっ、そこ、硬いので擦って……っ」

「く……っ」

あまりに淫らな勲に、明久の限界は早々に訪れた。必死の努力もむなしく、濃厚な精液がほとばしる。

「ああ……っ！」

勲が背を仰《の》け反《ぞ》らせ、失禁したように薄い精液を漏らす。

勲も感じてくれたようだが、亀頭を収めただけでいってしまうとは、明久としては非常に不本意だった。

「不覚だ……」

呟くと、勲が喘ぎながら口元に笑みを浮かべた。

「……初めての頃も、こんな感じだったな」

懐かしい思い出がよみがえり、明久もふっと表情をやわらげた。初心者だった勲に痛い思いをさせたくなくて、最初の数回は先端を含ませるだけにとどめていたのだ。

「あれは勲のここがきつすぎて入らなかったからだ。無理やり押し込まないように気を遣ってたんだぞ」

「うん、知ってる」

「それが今じゃこんなにエロくなって……お道具の成果か？」

言いながら軽く腰を動かすと、勲がびくびくと身悶えた。

「あ……っ、そ、そうかも……っ」

「まったく、バイブやディルドに嫉妬する日が来るとはな」

「……続き、できそう？」

「当たり前だ」

まだ硬さを保っている男根を、ぐいと奥に突き入れる。

「ああ……っ」

勲が歓喜の声を上げた。より深くつながろうと、脚を大きく広げながら。

最奥まで収めると、明久は勲に覆い被さって唇を重ねた。

昔もよく、こうやってつながったままキスをかわしたものだ。

（そういや、これって勲としかしたことないんだよな……）

今初めて気づいたが、どうやら明久にとって、これは愛する人としかできない行為らしい。

体だけでなく心も快感に熱く満たされる、特別な行為だ。

「……ん……」

体の中で明久のものがむくむくと漲っていくのを感じたのだろう。勲が眉根を寄せて、悩ましげに吐息を漏らす。

「中で大きくなってるの、わかるか？」

「ん……わかる」

「気持ちいいか？」

「うん……すごく気持ちいい」

素直なセリフに、明久は微笑んだ。

「俺もだ。ふたりでもっと気持ちよくなることしよう」

腰を引いて、ずるりと中のものを抜き出す。

そして再び、奥まで突き入れる。

「あ、あ……っ、ああ……っ」

野性的でリズミカルな動きに、勲の声が上擦《うわず》っていく。

八年ぶりのセックス——心から愛する相手とのセックスに、明久も甘く溺《おぼ》れていった。

エピローグ

目が覚めると、朝だった。

気怠い体を動かし、ここはどこだろうと天井を見上げる。

（……ゆうべ明久に会いに行って……）

次第に意識がはっきりしてきて、勲はがばっとベッドから体を起こした。

「おはよう」

ダブルサイズのベッドの隣で、明久が肘《ひじ》をついてこちらを見ていた。

その様子から、寝顔を見られていたらしいことがわかってかあっと頬が熱くなる。

「…………おはよう」

「よく眠れた？」

「……ああ、多分……」

明久の顔を直視できなくて、視線をそらす。

ゆうべは自分でもどうかしていたと思う。エレベーターの事故で気が高ぶり、連動するように体も高ぶってしまった。

自制心には自信があったはずなのに、居ても立ってもいられなくなって、明久に会いに行き……。

（……しかも自分からセックスを迫ってしまった）

性欲だけなら、自宅に帰っていつものように道具を使えば解消できる。

しかしゆうべは、どうしても明久とつながりたかったのだ。

「ゆうべのこと、覚えてるよな？　俺たち結婚したんだけど」

「……ああ、もちろん覚えてる」

冷静を装いたくて、努めて淡々と答える。

「もしかして照れてる？」

しかしその努力も、明久の指摘で呆気《あっけ》なく崩れてしまった。

「…………ああ。ちょっと……しばらくは不自然な態度を取ってしまうかもしれないが、気にしないでくれ」

真っ赤になった顔を覆ってそう告げると、明久がくすくすと笑った。

「いいよ。夜になればまたラブラブな新婚さんになれるし」

ふと、勲は顔を覆っている手に違和感を覚えた。

両手を少し離して、違和感の原因を確かめる。

「……⁉」

左手の薬指に、指輪が嵌《はま》っていた。

指輪なんてした覚えはまったくないし、そもそもこの指輪はいったいどこから現れたのか。

「気がついた？　俺たちの結婚指輪」

「えええ⁉」

明久が、自分の左手を掲げて見せる。そこには勲と同じ、シンプルなデザインのプラチナリングが燦然《さんぜん》と輝いていた。

「実を言うと、おまえの親父さんと一緒に訪ねていった日にも持ってたんだ。プロポーズをOKしてもらえたらその場で嵌《は》めるつもりだったんだけどさ」

「指輪って……いやあの、結婚はしてもいいけど指輪はまずくないか？」

「なんで？　今どき結婚指輪は珍しくないだろう」

「男女の場合は、だろう」

「俺はそういう常識に囚われたくないんだ」

「だけど……」

なおも言い募ろうとすると、明久の人差し指が伸びてきてそっと唇に押し当てられた。

「これは俺の覚悟の証《あかし》なんだ。急がせるつもりはないけど、いずれは家族や職場の人たちにおまえのことをパートナーだと紹介したい」

「………うん」

明久の目を見つめ、こくりと頷く。

勲も心の準備はできている。

明久を両親に紹介し、職場で結婚の報告をする。いろいろと困難もあるかもしれないが、明久と一緒なら乗り越えていけるはずだ。

「そうと決まれば、さっそく引っ越しだな。どうする？　ここに越してきてもいいし、新たに部屋を探してもいいし」

「ああ……そうだな。ここからだったらバスで通えるし……」

言いながら、右手で薬指のリングを弄《いじ》る。

明久の覚悟の証は嬉しいが、やはり少々照れくさい。

「どうしても嫌なら外しててもいいよ。ま、勲が外すたびに俺が嵌めちゃうけどね。これは覚悟の証であると同時に、勲は俺のものだから手を出すなっていう所有の証でもあるんだ」

「まったく、きみって……」

少々強引な伴侶に苦笑し、勲はベッドに倒れ込んだ。

羊さんは罠に落ちる

まるで夢のようだ……。

左手をかざして指輪を見つめながら、今牧勲《いまきいさお》は温かな幸福感に浸った。

――数日前、学生時代の恋人だった難波明久《なんばあきひさ》と結婚というか事実婚というか、とにかく生涯をともにするパートナーとして結ばれた。

一度は別れた相手だが、互いに忘れられず……運命に導かれるようにここ花丘《はなおか》で再会し、紆余曲折《うよきょくせつ》を経て再び一緒になる決意を固めた。

指輪をもらったときのことを思い出し、体の芯《しん》がじわりと熱くなる。

にやけそうになる顔を両手で覆い、勲はどさりとソファに倒れ込んだ。

(……幸せすぎて怖いくらいだ)

愛する相手が、愛に応えてくれた。しかも今度は人生の伴侶として。

これほど心が満たされたことは、かつてなかったと思う。

(それに……体も)

八年ぶりに抱き合ったときのことが鮮やかによみがえり、頬《ほお》が熱くなる。

もともと体の相性はよかったと思うが、勲は八年前の自分がいかに青々とした未熟な果実だったか思い知らされた。

そんな自分を気遣って、明久はかなりセーブしてくれていたのだと思う。優しい愛撫《あいぶ》、紳士的な振る舞い……それでも当時はいっぱいいっぱいで、明久に抱かれるたびに恥ずかしくてたまらなかった。

今思えば、実に初《うぶ》だった。与えられる快感だけで満足し、自ら求めるのははしたないことだと抑制していたところもあったと思う。

けれど、今は違う。明久と別れてひとりになり、勲は自分の中に淫《みだ》らな欲望があることを認めざるを得なくなった。

アナルでいくことを覚えてしまった体は、ペニスへの刺激だけでは満足できなくなっていた。最初はおずおずと指で慰めていたのだが、次第に物足りなくなり……。

最初に買ったのは、初心者用のローターだ。小指ほどの大きさだったが、電池による振動はそれなりに快感を味わわせてくれた。

次に大きめのローターを買い、異物の挿入に慣れてくると、今度はペニスを模《も》した玩具が欲しくなった。

インターネットの通販のページを開くと、さまざまなサイズのバイブレーターやディルドがずらりと並んでいた。

まずはいちばん小さいサイズから始めようと思い、初心者向けのSサイズの中からひとつ選んでカートに入れた。

そのうちSサイズでは物足りなくなるかもしれない。そんな気がして、MサイズやLサイズのページもチェックした。

そして見つけたのが、卑猥《ひわい》な形をした立派なサイズのディルドだ。

——明久のと似てる。

目にした瞬間、勲は体が疼《うず》くのを感じた。

長さ、太さ、大きく張り出した肉厚の亀頭……明久の逞《たくま》しいペニスとそっくりなそれは、当然ながら上級者向けと銘打たれていた。

道具を使うことに関しては初心者だが、明久とは何度も交わっている。最初は大きすぎて入らなかったが、明久が根気よく馴《な》らしてくれたおかげでほぼ全部入るようになった。

欲望に突き動かされるように、勲はその上級者向けのディルドをカートに入れた。

数日後、届いた玩具を手にとって、後ろめたさを感じつつも興奮せずにいられなかった。

毒々しいショッキングピンクの色はいただけなかったが、大きさも形も明久のものとほぼ同じだった。特に握った感触がそっくりで……箱から出してまもなく、勲は視覚と触覚だけで下着を汚してしまった。

(……一緒に住むとなれば、あれは処分しとかないと)

がばっと立ち上がり、寝室へと急ぐ。ベッドの下の衣裳《いしょう》ケースを開けて、タオルやリネン類で隠したプラスチックの箱を取り出す。

箱には愛用しているディルドが六本入っている。ぶるぶると震えるタイプのバイブはどうも合わなくて、今使っているのは全部張り型だ。

Sサイズが二本、Mサイズが三本……そして特大サイズが一本。

(結局、大きすぎて入らなかったんだよな……)

明久サイズのディルドを手に取り、ため息をつく。

生身の男性と玩具では、大きさが同じでも質感はまったく違う。相手に入れられるのと、自分で入れるのも大違いだ。何度か挿入を試みたが、痛すぎてとても無理だった。

しかし、挿入だけがディルドの愉しみ方ではない。明久サイズのそれは、ただ握っているだけでも興奮をもたらしてくれる。

淫らな玩具を見下ろし、勲は眉根《まゆね》を寄せた。

明久の目に触れる前に、早く処分したほうがいい。

けれど……明久が多忙だったり出張に行ったりして、ひとりのときにどうしようもなく体が疼いたら？

(……急いで捨てなくてもいいかな)

明久がいない間、長年自分を慰めてくれていた道具に愛着もあった。

これらのおかげで、闇雲にセックスの相手を求めるような真似《まね》をせずに済んだのだ。

二十代のほとんどを一緒に過ごした心強いパートナーを、簡単に捨てることなどできそうにない。引っ越しの際は厳重に梱包してばれないようにしようと決め、箱の蓋《ふた》を閉じる。

ふいに玄関のインターフォンが鳴り、勲はびくりと体を震わせた。

(明久かな)

今日は仕事帰りにうちに来ることになっている。勲は交替休だったので、張り切って夕食用にカレーを煮込んでおいた。

引っ越しの荷造りを手伝うという名目だが、泊まっていくことになっているし、そうなると当然セックスも期待してしまう。

秘密の箱を衣裳ケースに押し込み、勲は玄関へと急いだ。


「ごちそうさま。すごく美味《うま》かった」

カレーを平らげた明久が、にっこりと微笑《ほほえ》む。

ほっとして、勲も表情をやわらげた。

「作ったの久しぶりだから、ちょっと心配だったんだけど」

「いやほんと、プロみたいな本格的な味だった。ずいぶん料理の腕が上達したんだな」

「腕が上達したわけじゃない。いいカレールーを見つけただけだ。これを使えば誰でも本格的なカレーが作れる」

キッチンから専門店が販売している粉末タイプのルーを持ってきて種明かしをすると、明久が声を立てて笑った。

「相変わらず正直だな。黙っていればわからないのに」

「料理の腕が上達したと期待されたら困る。カレー以外は相変わらずいまいちだし」

勲の失敗作の数々を思い出したのか、明久の笑顔が苦笑いに変わる。

「俺も平日はほとんど料理なんかしないから、勲も無理しなくていいよ。幸い花丘には美味い弁当屋やレストランが多いし、デパ地下も充実してる」

「そうそう、飲食店は当たりが多いよね。僕もたいてい夜は商店街にある弁当屋さんだ」

こんなふうに、今後の生活について話し合うのも楽しくて仕方がない。

おしゃべりをしつつ、明久はさりげなく皿を流しに運んで食後のコーヒーを淹《い》れてくれた。

（ああ、すごく幸せだ……）

ダイニングテーブルの向かいに明久がいる。

月末にはここを引き払って明久のマンションに引っ越すことが決まっているし、次の連休には明久の両親に挨拶に行く予定だ。

明久は、さっそく職場の上司に結婚を報告したらしい。残念ながら花丘市はまだ同性パートナーシップの制度がないが、事実婚に近い形の関係であることを表明したそうだ。

『聞くのが怖い気もするけど……皆さんどういう反応だった？』

おそるおそる尋ねると、明久は肩をすくめた。

『それが、俺もちょっと身構えてたんだけど、拍子抜けするくらいあっさりな反応でさ。三宅《みやけ》先生も平松《ひらまつ》先生も普通におめでとうって言ってくれて、今後はこういう需要も増えるだろうから法律関係をよく調べておかないとな、みたいな』

『そうなんだ……同僚の人は？』

『それなりに驚いてたみたい。相手が男だからっていうより、俺が身を固めたってことのほうにね』

昨日のやりとりを思い出し、くすぐったいような気分になる。

勲はまだそこまで考えが及ばなくて、まずは明久の両親の理解を得てから、職場でどう打ち明けるか小児科長に相談しようと思っている。

「さて、それじゃあさっそく例のものを見せてもらおうか」

コーヒーを飲み終えた明久が、両手を広げてにっこり笑う。

いったいなんのことかと、勲は目をぱちくりさせた。

「例のものって？」

「とぼけるな。おまえが使ってたいやらしいお道具の数々だよ」

明久が、先ほどの紳士然とした態度とは打って変わって尊大な調子で言い放つ。

ぎょっとして、勲は体を強張らせた。数秒後、なんとか口を開いたが、声が奇妙に上擦《うわず》ってしまう。

「……あれはもう捨てた」

「嘘《うそ》だな。俺と違っておまえはなかなかものを捨てられない性格だ。おまけにゴミの分別にもうるさい。燃えるゴミか、それとも不燃ゴミか資源ゴミか、悩んでるうちに面倒になって捨てそびれてるだろう」

「…………」

図星を指されて、勲は赤面した。

明久の言う通り、自分はものを捨てられないほうだと思う。ディルドに関しても、分別云《うん》々《ぬん》はさておき、愛着心ゆえに捨てられなくて先ほど衣裳ケースに戻したばかりだ。

「早く見せろ」

「嫌だ」

「やっぱりちゃんととってあるんだな」

うっと言葉を詰まらせて、勲は視線を泳がせた。

口では明久に敵《かな》わないことはよくわかっている。抵抗するのは諦めて、開き直るしかなさそうだ。

「……男なら、誰だって多少はそういうものを隠し持ってるだろう？」

「俺は持ってない。自分でするときは、道具は使わず手で処理してる」

言いながら、明久が右手で性器を擦《こす》る仕草をしてみせる。

明久がそれをしているところを想像してしまい、勲はくらくらと目眩《めまい》を覚えた。

「何も捨てろって言ってるわけじゃない。見せてくれってお願いしてるだけだ。いいだろう？」

「見せたくない」

「どうして？　恥ずかしいから？」

「………そうだ」

俯《うつむ》いて声を絞り出すと、明久がため息とも呻《うめ》き声ともつかない声を発して天井を見上げた。

「おまえはわかってないだろうが、おまえが恥ずかしがる姿は最高にやばくてやばい」

「は？　何言ってるんだ」

顔をしかめると、明久がくすくすと笑った。

「わかった。これ以上無理強いはしないよ。そのうちきっと、自然に見せてくれる日が来るだろうから」

そんな日が来るわけはないと思いつつ、余計なことを言うと藪蛇《やぶへび》になりそうで、勲は黙ってコーヒーの残りを飲み干した。

ふいにテーブル越しに大きな手が伸びてきて、カップを持つ手を包み込まれる。

「なあ、セックスはするだろ？」

「…………ああ」

「風呂《ふろ》入る前にする？　それともあと？」

「あとだ。先に入っていいぞ」

「了解。じゃあちょっとシャワー浴びてくる」

明久が立ち上がり、バスルームへ向かう。

とりあえず道具の件の追及から逃れることができて、勲はほっと胸を撫《な》で下ろした。


「……ん……っ」

風呂上がりの肌《はだ》を、明久の唇《くちびる》がたどっていく。

首筋にねっとりと舌を這《は》わされて、思わず勲は吐息を漏《も》らした。

「すごいな。触ってもないのに乳首がもうつんつんしてる」

Tシャツを捲《まく》り上げた明久が、感心したように呟《つぶや》く。

「あ……っ」

尖《とが》った乳首の片方に明久の息がかかり、びくりと体が跳ねる。

「勲はおっぱいがすごく感じやすいんだよな。ひとりエッチのときも弄《いじ》ってるんだろう?」

明久のセリフに、勲は驚いて目を見開いた。

おっぱいだなんて言われたのは初めてだ。第一、明久の口からそんな言葉が飛び出したのが信じられない。

「……そ、そういう話はしたくない……っ」

「俺はすご一く聞きたいね。学生時代の勲は清純すぎて聞けなかったけど、あの頃もオナニーはしてたんだろう?」

「あ、ああ……っ」

凝《しこ》った肉粒に息を吹きかけられて、勲は太腿《ふともも》を擦り寄せた。

明久は、わざと乳首に息がかかるようにしゃべり続ける。

「ぺったんこなのに、やらしいおっぱいだよな。薄着になると乳首がつんつんして目立ってて、見るたびにむらむらして大変だった」

「あ、い、いや……っ」

「股《また》閉じてもじもじしてるのは、もう漏れそうだから?」

「そういうこと、言うな……っ」

パジャマのズボンの前を手で押さえようとするが、それより先に明久にズボンをずり下ろされてしまった。

「ああ、やっぱり。先走りでパンツが濡《ぬ》れてる」

明久に指摘されて、勲はかあっと頬を赤らめた。

風呂上がりに身につけたばかりの白いビキニの中心に、ぽつんと染みができている。明久の視線を感じて、染みはじわりと広がった。

「白いパンツってエロいよな。濡れたところ、亀頭のピンクがしっかり透けてる」

「な、なんでそういうこと……っ」

「勲が恥ずかしがるところを見たいから」

「どういう意味だ！　僕を辱めたいのか？」

「違うよ、わかってないなあ。好きな子が恥ずかしがるところ見て興奮するのは男の本能だ」

「……女の人にもこういうこと言ってたのか？」

「まさか。言うわけない」

「だけど……さっき、お……おっぱいって……」

気になっていたことを口にすると、明久がくすくす笑いながら乳首に息を吹きかけた。

「俺はものすごく外面《そとづら》がいいんだ。だからそういう下品でエロいセリフは本当に心を許した相手にしか言わない。それに、俺にとってのおっぱいは勲のおっぱいだけだからな。意味わかる？　俺の言うおっぱいって、綺麗《きれい》で可愛《かわい》くてエロエロの乳首がついてる胸にしか使わない最大級の褒め言葉」

「もう、何言って……っ、あ、もう、それやめて……っ」

明久は触るでもなく舐《な》めるでもなく、吐息でくすぐるばかりだ。早く弄って欲しくて、勲は無意識に胸を反らした。

「触って欲しい？」

「ん……っ」

「じゃあまずはおっぱいでいこうか」

「あ……っ」

抱き起こされて、ベッドの上で背後から抱き締められた。

明久の脚の間に尻《しり》を押しつける格好になり、硬く高ぶった感触がダイレクトに伝わってくる。

「あ、ああ……っ」

大きな手で尖った乳首を撫でまわされて、勲はびくびくと身悶《みもだ》えた。

尻に当たった明久の勃起《ぼっき》が、ボクサーブリーフの中で力強く脈打っている。

乳首への刺激と、尻に押し当てられた硬い質感に、あっというまに体が高ぶっていった。

「ひあっ、だめ、もう出る……っ、出ちゃう……っ」

「出していいぞ」

耳元で囁《ささや》きながら、明久はふたつの乳首をきゅっとつまんだ。

「ああ……っ！」

下着の中で、精液がほとばしる。

汚したくなかったのに、脱ぐ暇もなかった。

「やっぱり勲のおっぱいは感度がいいな。ちょっと弄っただけでこんなに漏らして」

「き、きみが、後ろから押しつけるから……っ」

「何を？」

「……っ」

さりげなく問いかけられて、勲は唇を噛《か》み締めた。

明久は、勲に淫らな言葉を言わせようとしているのだ。先日はついうっかり口走ってしまったが、今後は気を引き締め、迂闊《うかつ》に口にしないようにしなくては。

「なんだ、言ってくれないのか？」

「当たり前だ」

「オナニーのときは言ってるんだろう？」

「……言ってない」

「嘘だな。言ってるから、ぽろっと出ちゃったんだろう？」

その通りだ。自慰にはイマジネーションが必要で、そのためには道具だけでなく、破廉恥《はれんち》な妄想やセクシーな下着などで気持ちを盛り上げていかなくてはならない。淫らな言葉の数々も、そうしたイマジネーションの一環として自然に身についていった。

「勲がエッチなこと言うの聞きたい」

「言わない」

「ふうん……じゃあ、言うまでここはお預けだな」

「ひあ……っ」

下着の上から尻の奥をまさぐられて、思わず勲は艶《つや》めいた声を上げてしまった。

そこはもう、すっかり受け入れる準備を整えてひくひくと蠢《うごめ》いている。あとはローションを塗り込めて潤して、明久の逞しい男根が入ってくるのを待つばかりで……。

「……わかった。言う。……ペニスを入れてくれ」

意を決して口にすると、明久がうなじに唇を寄せてくすくすと笑った。

「そんな、仕事中のお医者さんみたいな言い方じゃ萌《も》えない」

「贅沢《ぜいたく》を言うな。精一杯譲歩してるんだぞ」

「今牧先生はまだまだ努力が足りないな」

明久の指が蕾《つぼみ》から離れ、思わせぶりに尻の割れ目を行き来する。

「もう、くだらないこと言ってないで、早く……っ」

「そういう可愛くない態度の先生には、これで充分かな」

ふいに目の前に差し出されたものに、勲は驚いて目を見開いた。

──隠しておいたはずのディルドだ。それも、いちばん大きいショッキングピンクの……。

「そっ、それをどこで……っ」

「ベッドの下の衣裳ケース。勲、変わってないな。昔から大事な物は衣裳ケースの底に隠してたよな。ゲイポルノのＤＶＤとか、男性ヌード写真集とか」

「⁉」

──学生時代のあれを、明久に気づかれていた。

厳重に隠していたつもりだったのに、まさか見られていたとは。

「お道具はいっぱいあったけど、これだけえげつないサイズだよな。まさかこんな大きい玩具を入れて遊んでるとは思わなかったよ」

「違う！　それは、大きすぎて入らなかった……っ」

「へえ、ほんとに？　ああ、そういやこの大きさとか形とか、どっかで見たことある気がするなあ」

「……そういう意地悪な言い方はやめてくれ」

「じゃあもっとストレートに聞いていい？　これって俺の身代わり？」

「…………そのような感じだったかもしれない」

だんだん抵抗する気をなくして、勲は力なく呟いた。

「ほんとに入れてないのか？」

「言っただろう。痛くて無理だった」

「だけど捨てずにとっておいたってことは、何かしら使い道があったってことだよな」

なかなかに鋭い指摘だ。ため息をついて、勲はちらりと首だけ明久のほうを振り返った。

「………本当に知りたいのか？」

「ああ、すごく知りたい」

明久が、欲情をにじませた瞳で力強く頷《うなず》く。

「聞いたら後悔するかもしれないぞ」

「当ててみせようか。こういう使い方じゃない？」

言いながら、明久がディルドの先端を乳首に押し当てる。

亀頭の部分で凝った肉粒を刺激され、勲は上擦った声を上げた。

「ああっ、いや……っ」

淫らな秘密を言い当てられて、恥ずかしくてたまらなかった。

けれど不思議なことに、ひとりでしていたときよりも快感が大きい。

「やっぱりな。まったく、学生時代はさせてくれなかったくせに。じゃあこれは？」

「ひあ……っ」

今度はディルドを濡れた下着の上からペニスに擦りつけられる。

今は射精したばかりで萎《な》えているが、ぴんと勃《た》ったペニスの裏筋をディルドの裏筋に擦りつけて愉しんだことも、一度や二度ではない。

「なるほど、兜合《かぶとあ》わせか。あとは、咥《くわ》えたりとか？」

観念して、勲はかすかに頷いた。

つき合っていた頃は恥ずかしくてできなかったのだが、本当は明久の大きなものをしゃぶりたかった。フェラチオに関してはSサイズやMサイズでは物足りなくて、いつもこのディルドを愛用していた。

「他には？　この際だから全部ぶちまけろよ」

髪を撫でながら、明久が優しく囁きかける。

愛撫の手が気持ちよくて、勲は催眠術にかかったように唇を開いた。

「…………ときどききみがしてくれてたみたいに…………股に挟んだり」

「えっ、素股!?」

こくりと頷くと、ふいに明久が息を荒らげて覆い被《かぶ》さってきた。

少々乱暴にベッドに押し倒されて、勲は目を瞬かせながら明久を見上げた。

「ぜひとも実演してみせて欲しいところだが、そろそろ俺も限界だ。興奮しすぎてまた暴発しそうなんだが……っ」

「いいよ……こないだみたいに、中にいっぱい出して」

言いながら下着をずり下ろそうと腰《こし》を浮かせると、明久が唸り声を上げた。

ボクサーブリーフからほとんどはみ出していた男根を露《あらわ》にし、茎の部分を摑《つか》んで勲の蕾に狙いを定める。

「待って、パンツ、引っかかって脱げない……っ」

布地が濡れて貼りついているせいで、ぴったりしたビキニはなかなか脱げなかった。

「いい、このまま入れる」

「ええっ？　あああ……っ！」

布地を横にずらすようにかき分けて、明久が濡れた亀頭を蕾に押し当てる。

待ちわびていた質感に、勲は歓喜の喘《あえ》ぎを漏らした。

「まずい、ローション塗らないと……っ」

「いいからそのまま入れて、明久ので濡らして……っ」

「まったく、自分がどれだけ煽《あお》ってるのかわかってんのか……！」

「あ、あ、あああ……っ！」

大きな亀頭が押し入ってくる感触に、勲は身悶えた。

狭い肛道を太くて硬いもので押し広げられ、気持ちよくてどうにかなってしまいそうだった。

「ああっ、明久……っ」

「勲……！」

やがて、体の中で熱い飛沫《しぶき》が弾《はじ》けるのがわかった。
同時に、何かひどく淫らな言葉を口走ってしまった気がする。
しかし力強い律動が始まると、躊躇《ちゅうちょ》も羞恥《しゅうち》もすっかり吹き飛んでいった──。

ライオンさんの捕獲計画

――雨がしとしと降っている。

寝返りを打って、明久《あきひさ》はカーテンの隙間《すきま》から覗《のぞ》く薄闇に目をこらした。

（……勲《いさお》とつき合い始めた日も、こんなふうに雨が降ってたっけな）

隣で小さな寝息を立てている勲を見やり、口元に笑みを浮かべる。

――ゆうべ、八年ぶりに勲と結ばれた。

八年の歳月は初《うぶ》だった勲をすっかり大人《おとな》の青年へと成長させ、なまめかしく色香を漂わせる体を、明久は夢中で貪《むさぼ》った。

（体だけじゃなくて、中身もすげぇエロくバージョンアップしてるし）

ゆうべの勲の痴態の数々を思い出し、表情がだらしなく緩んでしまう。

勲は実に素晴らしい成長を遂げていた。素直に欲望を表し、淫《みだ》らな言葉を口走り、明久の体を貪欲に求めてきて……。

奥手で初だったときも可愛《かわい》くてたまらなかったが、あの頃は本能のままに己《おのれ》の欲情を晒《さら》すことを躊躇《ちゅうちょ》していた。勲があまりに清らかで、猛々《たけだけ》しい欲望を突きつけるのがはばかられたのだ。

大人になった今、愛する相手とは遠慮や躊躇なしに思う存分求め合いたい。

もちろん最低限の配慮を忘れるようなことは真似《まね》はしないが、獣のようなセックスは明久に深く熱い官能をもたらした。

（あの勲が、あんなに淫らに乱れるとは……）

雨の音が、遠い記憶を呼び覚ます。

あれは忘れもしない、大学三年生に進級する少し前の春休みのことだった。まだ肌寒《はだざむ》い春の夜、勉強を口実に勲の部屋に転がり込み、炬燵《こたつ》で向かい合って鍋をつつき……。

目を閉じると、あのときの勲の姿がありありと浮かんでくる。

紺色の半天に青いジャージという実に色気のない服装だったが、明久の目は日々勲によって鍛え抜かれていたので何も問題なかった。

野暮ったい服の下のなまめかしい体のラインをしっかりと捉え、ほんのりと存在感を示す股間《こかん》の膨らみやトレーナーの平らな胸板にかすかに浮かぶ乳首の位置を目で追い、あの夜もどうやってこの体を自分のものにしようかと計画を練っていた。

『……バイト先の教え子にさ、ちょっと重い内容の相談ごとされちゃって』

鍋を片付けながら、勲がぽつりと漏《も》らした。

『何？　受験のこと？』

『それならよかったんだけど……恋愛絡み』

勲のセリフに、明久はぴんと来た。勲が数学を教えている教室に、やたらと勲に対して馴《な》れ馴《な》れしい男子生徒がひとりいるのだ。

最初は勲に恋心を抱いているのかと思った。けれど、注意深く観察しているうちにそうではないことに気づいた。

男子生徒は、多分ゲイだ。そして思春期ならではの鋭い嗅覚《きゅうかく》で、勲も同類だと察していたのだろう。

勲は、自分が同性愛者であることを隠している。もちろん明久にも隠しているが、出会って半年も経たないうちに、明久は勲がゲイであることを見抜いた。

（まあ……確認のためにちょっと卑怯《ひきょう》な手も使っちゃったんだけどな。勝手にベッドの下の衣裳《いしょう》ケースの秘密を盗み見たり）

そんな事情はおくびにも出さず、明久は親友らしく心配そうに勲の肩に手を置いた。

『それで？　なんてアドバイスしたんだ？』

『僕に恋愛の悩みのアドバイスなんかできると思うか？』

『じゃあ俺がかわりに聞こうか？』

しばし明久の目を見つめ、勲は首を横に振った。

『いや、いい。気持ちはありがたいけど、デリケートな話題だから』

きっと、同性を好きになってしまった悩みを打ち明けたのだろう。

その男性生徒は知らないだろうが、そして勲自身もまだ気づいていないのかもしれないが、勲も同じ悩みを抱えている。

明久は、決して自惚《うぬぼ》れていたわけではない。けれど、時折勲が切なげに見つめてくる視線に恋慕の情が含まれていることは、ほぼ確信していた。

『そっか。まあ、恋の悩みってのは、本当は他人のアドバイスなんか必要ないんだと思うよ。本人の中では答えが出てて、ただ話を聞いて欲しいだけだったり、ほんのちょっと背中を押して欲しいだけだったり』

『そういうものなのか……？』

自分を見上げた瞳は、ひどく頼りなげに揺れていた。

突然明久の中に、狂おしいほどの庇護欲がこみ上げてきた。他人の恋愛相談なんか受けている場合じゃないだろう、と言いたくなる。

『あっ、明久⁉』

勲が、驚いたように声を上げた。

自分でも制御できない何かに突き動かされ、気づくと狭い台所で勲の細い体を抱き締めていた。

『……なんかほっとけないんだよな』

『ええ？　それって僕のこと？』

『そう』

少し体を離し、安心させるように勲の目を覗き込む。

『……僕ってそんなに頼りないか？』

少々むっとしたような表情が可愛くて、明久はくくっと喉《のど》の奥で笑いを嚙《か》み殺した。

『違うよ。おまえは知らないだろうけど、なんかほっとけないっていうのは口説《くど》き文句の定番だ』

『…………』

文字通り、鳩《はと》が豆鉄砲を食ったような表情だった。

やがて白い頬《ほお》がみるみる赤く染まっていき……。

『か、からかわないでくれ』

真っ赤になって逃れようとした勲を、明久はやんわりと押しとどめた。

クールに振る舞っていても、内心はどきどきしていた。これまでの軽いつき合いとはわけが違う。同性の親友を口説くからには、明久にもそれなりに覚悟ができていた。

真《ま》っ直《す》ぐに勲の瞳を見つめ、できるだけ穏やかな口調で囁《ささや》く。

『からかってない。俺、結構前からアピールしてるんだけど、ほんとに気づいてなかった？』

そのあと夢中で唇《くちびる》を重ねたときのときめきは、今もありありと覚えている。
(今思えば、結構強引だったよな)
苦笑しながら、明久は傍《かたわ》らで眠る勲の寝顔を見つめた。
あのときの覚悟は、結果的には脆《もろ》いものだった。けれど、今度は違う。
そっと勲の左手を握り、明久は薬指の指輪に誓いのキスをした——。

あとがき

こんにちは、神香うららです。

今回の主人公は『狼さんはリミット寸前』で脇役だった難波です。おかげさまでスピンオフが実現いたしました。リクエストくださった皆さま、どうもありがとうございました！『狼さん～』の主人公、雄大もちょこっと登場しております。これ一冊でもおわかりいただけるかと思いますが、ぜひぜひ『狼さん～』もあわせて読んでいただけると嬉しいです。

そしてこの本の帯に創刊十一周年記念フェアのお知らせがあるかと思いますが、応募者全員サービスの小冊子に参加させていただけることになりました。難波×勲の番外編を書く予定です。こちらもどうぞよろしくお願いいたします。

さてさて、今回の受けはこれまでの作品の中で最高齢の受けとなりました。三十冊目にして初の三十歳受けです。まあいつも通りの清楚な美人受けなのですが、中身は今までよりちょっぴりアダルトかも（笑）。再会ものは何度か書いてますけど、かつて恋人同士だったふたりの再会ものというのも初めてです。

『狼さん～』のあとがきにも書きましたが、花丘市は私の地元、岡山市がモデルです。病院や動物園など、岡山をご存じのかたはピンと来るかもしれませんね。そうそう、昨年秋に読者のかたから『狼さん～』がきっかけで岡山を訪れてみましたというメールをいただいたのですよ。これは本当に嬉しかったです。まさに作者冥利に尽きる出来事でした。

この本が発売される頃、モデルにした場所の一覧をサイトにアップしようと思っていますので、ご興味のあるかたはぜひお立ち寄りください。

サイトのアドレスはhttp://urara.mints.ne.jp（二〇一六年五月現在）です。


イラストを描いてくださった花小蒔朔衣先生、どうもありがとうございました。花小蒔先生の描かれるキラキラな難波、再び見ることができて感激です！　ツンな眼鏡美人の勲もイメージ通りで素敵でした。『狼さん～』のときのちび動物キャラがすごく可愛かったので、今回もライオンと羊を入れていただけてすごく嬉しかったです。

そして担当さま、このたびも大変お世話になりました。いろいろご迷惑をおかけしてすみません……お力添えに感謝しております。

最後になりましたが、読んでくださった皆さま、どうもありがとうございました。

またお目にかかれることを願いつつ、このへんで失礼いたします。


神香うららでした。

✦初出　ライオンさんの奪還計画……………………………書き下ろし
羊さんは罠に落ちる………………………………書き下ろし
ライオンさんの捕獲計画……………………………書き下ろし

神香うらら先生、花小蒔朔衣先生へのお便り、本作品に関するご意見、ご感想などは
〒151-0051 東京都渋谷区千駄ヶ谷 4-9-7
幻冬舎コミックス　ルチル文庫「ライオンさんの奪還計画」係まで。

幻冬舎ルチル文庫

ライオンさんの奪還計画

2016年5月20日　　第1刷発行

✦著者	神香うらら　じんか うらら
✦発行人	石原正康
✦発行元	株式会社 幻冬舎コミックス 〒151-0051 東京都渋谷区千駄ヶ谷 4-9-7 電話 03(5411)6431［編集］
✦発売元	株式会社 幻冬舎 〒151-0051 東京都渋谷区千駄ヶ谷 4-9-7 電話 03(5411)6222［営業］ 振替 00120-8-767643
✦印刷・製本所	中央精版印刷株式会社

✦検印廃止

ISBN978-4-344-83725-6　C0193　Printed in Japan